恋慕記

水原とほる

幻冬舎ルチル文庫

CONTENTS ✦目次✦

白蛇恋慕記

✦イラスト・コウキ。

✦カバーデザイン＝齊藤陽子(CoCo.Design)
✦ブックデザイン＝まるか工房

白蛇恋慕記

プロローグ

「憑《つ》きもの筋」の家系というものがある。その家系の者は特殊な能力を持つとされており、家に富をもたらすという。だが、憑きもの筋の家から嫁をもらうと災いをもたらすとも言われている。また、家は栄えるが、同時に周囲からは忌み嫌われることが多い。

地域によって憑くものは違っていて、北九州では野狐《のぎつね》、四国では犬神、東北では飯綱《いずな》など呼び名はさまざまだが、おおむねイタチに類似した動物が多い。

ところが、藤村《ふじむら》の家にやってきた嫁は野狐でも犬神でも飯綱でもなかった。彼女は大層な美貌《びぼう》の持ち主であり、透き通るような白い肌をしていて唇は赤く、その目は黒曜石のように黒々としていたが日の光が当たると奇妙にも金色に光ることがあった。

「あの女は白蛇の憑きもの筋だ。他のどんな憑きものよりも富を保証してくれる。だが、もたらす災いも計り知れない。くれぐれも油断しないことだ」

女を紹介したのは藤村の家業の一つである米問屋に出入りしている業者だったが、彼は暗い笑みを浮かべてそう言った。当時の藤村家はまだまだ土地や物件などは多く保有していたものの、バブルが弾《はじ》けて株や金の値段などが暴落して資産がかなり目減りした状態だった。景気は容易に上向く様子もなく、何か手を打たなければならないという焦りがあった。

自分の代で藤村を潰《つぶ》すわけにはいかない。そう思い憑きもの筋の嫁を長男に迎えたものの、その日から藤村家には何やら不穏な空気が渦巻くようになった。最初は誰も気づかないうちに、じょじょにそれは屋敷の中に巣くっていった。

美しい嫁は町でも評判になったものの、やがて人々もその嫁の美貌までが人間のものではないような気がして遠巻きに噂《うわさ》をするようになった。

「憑きもの筋の嫁などもらうから……」

「藤村も終わるかもしれないな。人は欲をかくとそれだけの報いを受けるものさ」

「白い蛇は金運をもたらすが、祟《たた》ればどんなものより恐ろしいというからな」

そして、嫁はやがて身ごもり男の子を産んだ。母親にそっくりの美しい目鼻立ちは、幼少の頃からすでに際立っていた。だが、その子が藤村家にとって最後の子どもになるなどとは、そのときは誰も想像していなかったのだ。

第一章　記憶

◆◆

　子どもの頃の世界は本当に小さいものだった。大都会の真ん中で生まれても、行動範囲と自分を取り囲む人間が決まっているのだからきっとそれは同じだったと思う。それが地方の小さな町ならなおさらすべてが「狭く」て「近い」のだ。

（どこか遠いところへ行ってみたいな……）

　それは操《みさお》の心の中にいつもあった漠然とした思い。けれど、一人ぼっちでは寂しくて怖いという思いが同じ心の中にあって、結局自分はどこへも行けやしないと諦《あきら》める。どこへも行けない子どもは、ずっと同じ小さな世界で生きていくだけ。

　そんな世界にある日、一つの変化が訪れた。でも、自分には関係のないこと。そう思って眺めていたのは、町の一角にあるビルで見かけた新しい看板。以前の「小宮山《こみやま》内科」という古い看板が外されて、「崎原《さきはら》クリニック」という看板があがっている。

　祖父をはじめとして藤村の家族が世話になっていた小宮山という老齢の医者が亡くなって

から二年ばかり、そこはずっと空き家になっていた。だが、今月に入ってから外装がきれいに塗り替えられて、診察案内板の前の花壇にもきれいに季節の花が植えられた。作業着姿の人たちがたびたび建物の中に出入りしている様子も見かけている。

「よかったわ。やっとお医者さんがきてくれて、これで安心よね」

「本当ね。何かあっても隣町まで車を飛ばすこともなくなるわ」

学校帰りに近所の人たちが立ち話をしているのを小耳にはさんだ。どうやら新しい病院ができて医者がやってくるらしい。まだ小学生の操にとってはそれほど大きな関心ごとではない。ただ、もう少し早くに医者がこの町にきてくれていれば、母親の命は助かっただろうか。二年前に亡くなった母親のことを思い出し、ふとそんなことを考えてから立ち話をしている人たちのそばからまた歩き出す。

きっと医者がいても何もできやしなかっただろう。母親はもともと心も体も弱い人間だったから、長生きはできなかったのだと祖父も父親も言っていた。優しかったけれど病弱だった母親は、操の思い出の中でも色が抜けるように白くてどこか寂し気な印象だった。

そして、操もまたそんな母親にそっくりで、色が白く華奢《きゃしゃ》で目ばかりが大きくて見るからにか弱げだ。女の子だったらそれも悪くはなかったかもしれない。けれど、操は男で藤村家の唯一の跡取りだ。そう望まれて生まれたはずなのに、今となっては誰がそれを望んでいるのかわからない。操にとって自分の家はこの町と同じようにもう一つの小さな世界であり、それは操にとってこれからもずっと変わらない。

（新しいお医者様がきたって、何も変わらないもの……）

たった一人で小学校から帰るのは毎日のこと。藤村家の子というだけでこの町では特別な目で見られてしまうのに、操の存在はそれ以上に人々の口にのぼることが多い。そして、それは必ず悪い意味でのことだった。

十歳でも自分が周囲からどんなふうに見られて、どんなふうに噂されているかくらいはちゃんとわかっている。べつに背伸びをして町の人の噂話を聞こうとしなくても、小学校のクラスでも自分は浮いていて仲間外れで、ときには虐《いじ》められている。それればかりか家でも自分は母親を亡くしてからというもの、誰にも心から愛されていないと思うのだ。

学校の先生や町外れの古びた教会にやってきた宣教師に、それとなく自分の気持ちを話したこともある。けれど、大人たちはわがままな子どもの思い込みだと言うのだ。血の繋《つな》がった子どもを愛さない人間などいないという。本当にそうならいいのにと操も思って彼らの言葉を信じようとしたけれど、近頃ではもうそれも諦めに変わっていた。

どうせ子どもの自分に世界は変えられない。じっとして悲しいときが過ぎるのを待つしかない。その先にもっと辛いことが待っているのかもしれないけれど、だからといって自分に何ができるわけでもないのだ。

（大人なら、こういうとききっと溜息《ためいき》をつくんだろうな……）

そんなことを思いながらランドセルの左右の肩ベルトを握り、俯《うつむ》いて家への道を歩いていると自分の足元にサッカーボールが転がってきた。このままだと車道に出てしまうと思い慌ててしゃがんで両手で拾い上げると、横の公園から一人の少年が勢いよく飛び出してきた。

「うわ……っ」

驚いて声を上げた操に、少年もまた一瞬目を見開いてこちらを見ていた。少年は操の手にボールが握られているのを見てにっこりと笑うと、両手を伸ばしてそれを受け取る。

「拾ってくれたんだ。助かったぁ。兄ちゃんが思いっきり蹴《け》るからさ、てっきり道に出ちゃったかと思ったよ」

操が少年のことをポカンと見上げたのは、それが見知らぬ顔だったから。狭い町だから同じ年頃の子どもの顔はみんな知っている。学年が違っても全員が同じ学校に通っているから、必ず顔を合わせているのだ。けれど、目の前の少年は見たことのない顔だった。

「兄ちゃん……？」

彼が言った言葉を繰り返したら、少年が笑顔のままそばの公園の中を指差す。そこには心配そうに手を振っている高校生くらいの人がいた。彼もまたこの町で見たことのない人だった。

「あの、誰？」

「ああ、俺たち今度この町に引っ越してきたんだ。崎原ってそこの病院」

「さ・き・は・ら……」

操がそう呟《つぶや》いたとき公園の中の彼の兄が呼んだので、少年は今一度ボールの礼を言って駆けていってしまった。その背中をぼんやりと見送る。操と同じくらいだろうか。でも、身長も高いし口調もしっかりしていたから上の学年かもしれない。

ボールを受け取るときのにっこりと笑った笑顔がとてもさわやかだった。操に向かってあんな屈託のない笑みを浮かべてみせる人などこの町にはいない。少し不思議に思ったが、引っ越してきたと言っていたからまだ町のことをよく知らないのだろう。

新しい医者がきても同じ年頃の少年が引っ越してきても、操の小さな世界は何も変わらない。そう思ったら、本当に大人がするような溜息が漏れてしまった。


藤村家というのは他の人から見ると奇妙な家なのだろう。操がそのことを意識するようになったのは小学校に上がってからのことだった。

この家の詳しい歴史は親族が集まる折にしばしば祖父が語っているが、難しいことはよくわからない。とにかく二百年近く続く古い家系で、その昔は豪商だったそうだ。話のとおり生まれ育った家は古く大きな日本家屋で、誰も使っていない薄暗い和室がいくつもあった。昔は家族や使用人も多くいて賑《にぎ》やかだったのかもしれないが、祖父の話では戦争のあと分家が町を次々に離れて縁を断ち、藤村の家は大きく傾いてしまったと言う。

以前はいろいろな商いをしていたのに今では米問屋の商売を人に任せて、町のあちらこちらに持っているマンションや土地や駐車場の管理を叔母《おば》夫婦がやっていて、操の父親は隣町に本社事務所を構える大手機器メーカーに勤務していた。父親は海外に商品を売る部署にいるので外国への出張も多く、また隣町にもマンションを持っていてそちらで寝泊まりしているのか、ときには何日も顔を見ないこともある。

仕事で忙しい父親の他に、食事と所用で外出する以外は自室にこもっている祖父と、離れに住んでいる父親の妹夫婦の五人暮らし。家事や操の世話は通いの家政婦がやってくれるので不自由はないが、日々の生活は屋敷と呼べるような広い家の中であまりにも寂しいものだった。

家庭の温《ぬく》もりがないだけでなく、藤村家には古いしきたりが多く、世間体というものを気にしていることは大人たちの会話からなんとなくわかる。こんな小さな町では誰もが顔見知りだから気心が知れているとはいえ、それがいいことばかりでもない。藤村家は歴史がある分だけ町の者からあれこれと噂にされる。

今でこそ新幹線の駅が隣町に新設されて、東京にも二時間弱で出られるようになり、ちょっとした地方都市になっているが、二十年ほど前まではまだいくつもの村に分かれた内陸の地域だったという話だ。祖父の世代には当たり前のように語られ守られていた旧弊な因習が今でも根強く残っていて、それが人々の心の中にも息づいている。そして、それは出入りの家政婦たちの間でも同じだった。

「坊ちゃんのお昼の用意をしたら帰ってもいいわよ」

「それならもうできてます。昨日のハヤシライスでいいっておっしゃってましたから、温めるだけです」

晴れた日の土曜日の午前中、操は庭のハナミズキの木のところで小学校の学級文庫から借りてきた本を読んでいたが、家に入って自分の部屋に戻る途中台所のそばを通ると、家政婦二人のそんな会話が聞こえてきた。

この家では祖父のための魚や煮物を中心としたメニューと、叔母夫婦の好みに合う料理を作り分けなければならないので家政婦の人には面倒なのだと思う。なので、操は食べたいものを聞かれればできるだけ手間のかからない簡単なものを言うようにしている。大人に気を遣っているとかではなくて、この家で自分はなんとなくそんなふうに振る舞うのが当たり前のように思っていたからだ。

「旦那様《だんなさま》も週末くらい坊ちゃんと一緒に過ごしてあげればいいのに。いつも一人ぼっちで可《か》哀想《わいそう》ですよね」

ハヤシライスを用意してから帰宅しようとしていたのは、ここに勤めるようになって一年ほどの新しい家政婦の森田《もりた》という女性だ。まだ四十になったばかりだと聞いている。

「なんだかこの家って、外から見ているよりずっと……」

好奇心交じりの同情を口にする彼女を遮るように、もう一人の家政婦がやんわりと口を挟む。

「よけいなことは言いなさんな。ここのお屋敷はいろいろとあるのよ」

諭すように言っているのはこの屋敷に勤めて二十年近くになり、細かい事情もよく知っている年配の笹野《ささの》という女性だ。どちらの家政婦も操には丁寧に接してくれる。けれど、けっして親しみや特別な優しさを感じることはない。それも仕方がなくて、彼女を雇っているのは祖父であり、その祖父の命令はこの家では絶対なのだ。

「噂は聞いていますけどね。それにしたって、大旦那様も大事な跡取りで可愛い孫なのにまるで目に入っていないかのような扱いだなんて……」

そこまで言いかけて彼女がハッとして言葉を呑《の》み込んだのは、操が廊下から台所へ入ってきたのに気づいたからだ。本当は素知らぬ顔で廊下を通り過ぎてもよかった。けれど、この程度の噂話は家でも町中でも日常茶飯事なので操ももう慣れっこだった。いちいち気にしていたらどこにも居場所などなくなってしまう。

「ごめんなさい。喉《のど》が渇いたので飲み物を取りにきただけです」

そう言うと操は冷蔵庫から乳酸飲料のパックを取って、そのまま黙って台所を出て行く。二人の家政婦は少しばかり気まずそうな表情をしていたが、すぐに肩を竦《すく》めて自分たちの仕事に戻っていくのだ。

週末は嫌いだ。こんなふうに家にいてもちっとも楽しくないから。けれど、学校の日はもっと嫌いだった。学校に行けば、藤村家の子というだけで仲間外れにされるし虐められる。教師は必要以上に贔屓《ひいき》するか、まるで厄介者《やっかいもの》を仕方なく面倒みているという態度を取る。どちらも操にとっては迷惑なことだった。

どこにも自分の居場所などない。だから、誰かが陰口をきいているからといって、遠慮などしていたら自分の部屋から出ることもできなくなる。ときにはいっそそんなふうに引きこもってしまいたいと思うときもある。

母親が死んでからというもの、操のことを気にかけてくれる人など一人もいない。家政婦の二人が話していたように、操は祖父にも実の父親にも愛されてはいないのだ。もちろん叔母夫婦からも可愛げのない厄介な子どもだと思われている。

こんな小さな町で生きているのに、誰も味方がいない自分。昨日も今日も明日も操には楽しみに思うことがない。つまらない週末なんか早く終わってしまえばいい。そして、新しい一週間が始まったところで何も変わらないと思っていた。けれど、その週の始まりはいつもと違っていたのだ。

読み終わった学級文庫の本を持って登校すると、朝礼の時間に教室にやってきた担任は一人の少年を連れていた。

「転校生を紹介する。東京からきた崎原晃司《こうじ》くんだ。みんな仲良くするように」

季節外れの転校生というのだろうか。新しい学年が始まって一ヶ月ほど過ぎてからやってきた少年は、このクラスの中では背が高いほうだ。短い黒髪と太い眉《まゆ》に通った鼻筋が凛々《りり》しく、新しい環境だというのに緊張した様子もなくニコニコと笑っている。先生に挨拶《あいさつ》を促されて、ハキハキとした声で名前を言うとペコリと頭を下げた。

クラスのみんなは好奇心を剥《む》き出しにしてそんな少年を眺めては、ひそひそと隣の子と話をしたりしている。操は言葉を交わす友達などいないが、一人で驚きの視線を彼に向けていた。というのも、操にとって彼に会うのはこれが二度目だったから。担任に言われて教室の一番後ろの席に向かうとき、彼もまた操の姿に気づいたようだ。

「あっ、この間の……」

そう言って、彼は軽く手を上げて操の前に立ち止まった。そして、しばらくそのまま動こうとしないので操が困って彼を見上げていると、顎《あご》をしゃくって手を上げろと合図をしている。わけがわからないままうろたえた操が手を上げると、その手のひらに彼が自分の手のひらをパチンと当てた。

ハイタッチだとわかって、周囲の生徒たちがざわつく。転校してきたばかりの教室でいきなりそんなことをしたから驚いただけではない。それ以上にクラスのみんなが驚いたのは、その相手が操だったことだ。

「なんで藤村のこと知ってるんだ?」

「あんな奴とハイタッチ?」

「っていうか、藤村の奴もなんで手を上げてんだ? 生意気じゃないか。藤村のくせにさ」

そんな声があちらこちらから聞こえてくる。ただ驚いているというより、どこか非難めいて聞こえるのは気のせいではない。それは物おじしない転校生への言葉ではなく、クラスではいつも目立たず仲間外れにされている操に対する言葉だ。

転校初日だから、何も知らない彼がしたことを責める者はいないだろう。操だってそんなつもりはない。ただ、数日もすれば彼もクラスやこの町の事情を知って操には見向きもしなくなるとわかっている。

(だって、僕は藤村の子だし、そういう生まれだから……)

もう何度も人から言われているのを耳にして、いつしか自分でも納得してきたこと。だから、何があってもがっかりしたりはしない。転校生がやってきても自分の世界は変わらない。

ただ、崎原晃司という少年と手を合わせたときの感触は、まるで想像もしないものだった。パチンと打ったときの痛みとそのあとじんわりとやってきた温もりに、操に胸の鼓動は思いがけないほど速くなっていた。

思い返してみれば、母親が死んでからというもの誰一人として操の体に触れる人などいなかった。季節外れの転校生がそのことを操に思い出させてしまい、それほどに自分という存在は一人ぼっちなのだと、いまさらのように寂しさを噛《か》み締めてしまうのだった。

◆◆

転校生はアッと言う間にクラスの人気者になっていた。勉強ができてスポーツが得意で、東京からきたというのにまるで気取ったところがない。昨今流行《はや》りのビデオゲームも得意らしく、毎日のように誰かの家で対戦しようと誘われている。

男の子の人気ばかりかクラスの女子にも人気で、休み時間になると彼の周りはいつも賑やかだ。転校してきた日には操に声をかけてくれたけれど、あれからというもの彼と話したことはなかった。というのも、操のほうがはっきりと彼にそのことを伝えていたからだ。

『僕のことは気にしないでいいよ。クラスのみんなと仲良くしたいならもう声をかけないで』

その理由を問われて、操は曖昧《あいまい》な笑みでしか答えることができなかった。だが、数日もすると彼もクラスで操に声をかけることはしなくなっていた。

それは操自身が彼に忠告したことだけれど、晃司がクラスに馴染《なじ》んでいくほどにまた寂しさを感じている。彼がこの町に引っ越してきた日に偶然とはいえ顔を合わせ、みんなのいる教室でハイタッチをしたことは操にとってこれまでにない経験だったから。でも、操のことを知れば彼も下手に構って自分まで仲間外れにされたくはないと思うのは当然だ。

そんな晃司が注目されているのは小学校の中だけではない。彼の父親が新しく開いた「崎原クリニック」は大評判で、長らくちゃんとした病院のなかった町ではいい医者がきてくれたと誰もが両手を合わせんばかりに喜んでいる。

そこの息子というだけでも、晃司はこの町にとって特別な存在になっていた。彼があの日公園で一緒に遊んでいた兄もまた隣町の進学校に通っていて、ゆくゆくは東京の大学の医学部を受験するという噂だ。立派な医者になって実家を継いでくれれば、それは町にとっても喜ばしいことだった。

古くからこの町にあって、人々からよからぬ噂ばかり立てられている藤村家とは違い、彼の家はこの町から大いに歓迎されているのだ。

「週末に晃司のところでゲームをやるって約束したんだ」

「本当に。俺も行きたいっ」

クラスの男子生徒がそんな話をしていると、女子が目を吊《つ》り上げて反論してくる。

「晃司くんは隣町のチームとバスケの試合をやるって言ってたもん。あたしたち、その応援に行くのよ」

「そうよ。ビデオゲームなんかいつでもできるでしょう」

晃司が週末に何をするかでクラスの連中の予定が決まるくらいの人気者になっていたが、彼はそれで有頂天になるでもなかった。騒いでいるのはクラスの連中ばかりで、当の本人は約束したことはちゃんと守り、そうでないことはしないというだけのことだった。

そういう淡々とした晃司の態度に反感を抱《いだ》くほうが難しい。彼は生まれついてそういう性格なのか、自分を偽ることもなくありのままで人に接する少年だった。

そんな晃司を見て操が感じたのは、同じ歳《とし》でこうも人間は違うものだろうかということ。操はこの歳でいろいろなことを諦めて、小さな町で息を潜めるようにして暮らしているというのに、晃司はある日突然この町にやってきて驚くほどのびのびと暮らしている。

だったら、町の問題ではなくやっぱり藤村家と自分自身に問題があるのだと思わざるを得ない。晃司が転校してきてからというもの、操はなぜか以前よりももっと寂しさを感じている自分がいて、気がつけば彼を恨んだり妬《ねた》んだりしそうになるのがすごくいやだった。

そんな身勝手な思いは間違っているとわかっているのだ。自分があまりにも特別な家に生まれてきたからといって、人のことをとやかく思ったりしたらいけない。

(だって、僕は藤村の子どもだもの……)

もう何度そんなふうに自分に言い聞かせてきただろう。間もなく夏休みに入るという七月のその日も、操はたった一人で学校から家への道を急いでいた。グズグズ歩いていて同じクラスの連中に見つかったら、どんな言いがかりをつけられ虐めに遭うかもわからない。

靴やランドセルを隠されるくらいならいいけれど、それ以上のこともときにはある。もちろん突き飛ばされたり小突かれたりする程度で、大きな怪我《けが》をするようなことはない。そんなことになると藤村家としても学校に苦情を言いにいかざるを得なくなるので、小学生でもちゃんと加減を知っているのだ。それでも、乱暴なことをされるのはやっぱりいやだった。

いつものように俯き加減で歩いていると、背後から足音が聞こえる。内心ではしまったと思っていた。クラスの虐めっ子が追ってきたと思ったからだ。だが、連中はいつも数人でやってくる。足音は一人のものだった。

「おい、ちょっと待てよ。なぁ、待てってば」

そんな声がして、操がハッとして足を止めて振り返る。すると、そこには息を切らせて追いかけてきた晃司の姿あった。

「さ、崎原くん……」

操が驚いて名前を呟くと、目の前に立った彼はにっこり笑って頷《うなず》きながら言う。

「晃司でいいよ。そのかわり、俺も操って呼ぶからさ。いいだろ?」

クラスメイトたちはみんな名前で呼び合っているので、操ともそうするのが当然だと思っているらしい。

「えっ、で、でも……」

操だけはみんなから「藤村」と呼び捨てか「藤村の子」という特別な呼び方をされているので戸惑っていたが、晃司は屈託ない笑顔のままそばまでやってくる。そして、いきなり操の二の腕をつかむと言った。

「一緒に帰ろうよ」

帰り道は途中まで一緒だけれど、こんなところを誰かに見られたら何を言われるかわからない。だから、操は懸命に身を引いて彼の手を自分の二の腕から引き離そうとした。すると、晃司は少しばかり困ったような顔になり、やがてはその表情を曇らせる。彼を不機嫌にしたいわけではなかった操は泣きそうになって、この間言った言葉を繰り返す。

「前に言ったよね。僕にかまったら駄目だよ。崎原くん……、あの、晃司くんも仲間外れにされちゃうからさ」

晃司と呼んでいいと言われてついそう呼んだものの、それだけでも操にしてみればものすごく大胆なことをしてしまったと思っているのだ。だが、晃司のほうはやっぱり意味がわからないと首を横に振っている。

「あのさ、虐めとかそういうのは駄目って決まっているのに、なんでみんな知らん顔してるわけ？」

「だから、都会からきた晃司くんにはわからないんだよ。この町はいろいろあって、僕はみんなに……」

言いかけたところで、思わず唇を嚙み締めた。自分で自分が町中から嫌われているなんて言いたくはない。そして、町中という中には自分の家族まで含まれているのだ。そんな操のことを晃司がどう思うかはわからないけれど、きっと頭のいい子ならかかわったら駄目だと判断するはずだ。

ところが、晃司の反応は操が予期していたものとは違っていた。彼は子どもとは思えないような深く大きな溜息をついてみせたかと思うと、振り払われた手で操の手を取った。

「な、何……？」

「いいから、ちょっとこいよ」

ちょっと怒ったような声でそう言うと彼は操をすぐ先にある神社の境内へと連れていき、さらには本殿の裏まで引っ張っていった。藤村家の氏神様で、境内の石灯籠《いしどうろう》には代々の藤村の当主の名前が刻まれている。もちろん、祖父の藤村幸太郎《こうたろう》や父親の藤村宗太郎《そうたろう》の名前が刻まれた灯籠もある。

地元の祭りなど特別なときには賑わう神社だが、今はひっそりとしていてまったく人の気配がなかった。そんなところにいきなり連れられてきた操は、もしかしたら機嫌を損ねた彼にも虐められるのではないかと急に不安になった。だが、晃司はそこで操の手を離すと言ったのだ。

「なぁ、この間の話だけど、俺にはよくわからないんだ。なんで操と話したら駄目なんだ？　なんでクラスのみんなは操のことを無視してるわけ？」

まさかそんなストレートに質問されるとは思っていなくて、操は困ったように俯くしかなかった。けれど、晃司はそんな曖昧な態度では納得してくれないだろうと思った。彼の真《ま》っ直《す》ぐな性格は転校してきてからの短い日々でも充分に伝わっていたから。

「あのね、僕の家は特別なんだ。古くていろいろとしきたりがあってね。特にお爺《じい》さんが厳しい人だから……」

「近所や学校の連中と遊んだら駄目って言うのか？　藤村の家が特別だから？」

「そうじゃないよ。本当は藤村の家じゃなくて、僕が特別なんだ」

操がボソリボソリとそのことを話していると、晃司は本殿の裏の石垣に腰をおろし、ランドセルも肩から外して横に置く。そして、操にも隣に座れと合図をするので、なんとなく彼の隣に座ってしまった。

本当はこんな話をしていないで帰らなければいけないと思っているのに、晃司と二人きりで話ができることで少しばかりドキドキしていたのだ。

「ちゃんと聞かせてくれよ。操が特別ってどういうこと？　色が白いしすごく細っこいけど、何かの病気とかか？」

医者の息子だからか、晃司はまずはそのことを確認してくる。確かに、幼少の頃から虚弱で人より成長が遅いのは間違いない。クラスでも身長は低いほうだし、体重もおそらくほとんどの女子より軽い。そして、色がやたら白いのは死んだ母親譲りだった。でも、特に持病があるわけではない。

「病気じゃないよ。そうじゃないけど、僕は普通じゃないんだ」

「普通じゃないってどういうこと？　そりゃ普通よりずっときれいだけどさ」

「え……っ？」

思いがけないことを言われて一瞬惚《ほう》けた顔になった。すると、晃司はちょっと照れたように笑い、操の顔を指差した。

「だって、女の子みたいな顔だしお人形みたいだろ。最初に公園のところで会って、あのときから学校で同じクラスだったらいいなぁって思ってたら本当に教室にいて、ラッキーって思ったんだ。なのに、一緒に遊べないって言われてもさ。そんなの、俺、いやだよ」

「晃司くん……」

公園前でたまたま転がってきたボールを拾ったときに、彼がそんなことを思ってくれていたなんて思わなかった。転校してきてからもう二ヶ月が過ぎている。クラスメイトや町の人からいろいろと噂も聞いているだろうに、それでもまだ操と遊びたいと思ってくれるのだろうか。

自分の頰《ほお》をつねって確かめたくなるくらい、まるで夢みたいな話だった。他の誰に言われても嬉しいけれど、クラスで人気者の晃司にそんなことを言われるなんて思ってもみなかったのだ。一瞬、操はとても浮かれた気持ちになった。けれど、すぐにそれは無理だと俯いてしまう。

「嬉しいけど、やっぱり駄目だよ。だって、僕は……」

操が自分の足元の石ころを蹴ってから、大きく一度深呼吸をして言葉を続けた。

「僕はね、藤村の家に嫁いできた『憑きもの筋』の母さんが産んだ子なんだ」

本当は言いたくない言葉だったけれど、ちゃんと伝えないと晃司に迷惑がかかると思ったのだ。こんな自分と一緒に遊びたいと言ってくれた優しい少年だからこそ、絶対に迷惑をかけたくなかった。だが、晃司はポカンとしたあと首を捻《ひね》り、まるで大人が考え事をするときのように胸の前で腕を組んでみせる。

「それってなんだ？　『つきものすじ』ってどういう意味？　俺、そんな言葉、聞いたことないや」

当然だろう。大人だって知らない人もたくさんいるだろう。まして、小学生が知っていて使うような言葉じゃない。けれど、この町では昔からそんな話はあったし、藤村の家とそれとは切っても切れない関係なのだ。

「動物の妖怪みたいなのらしい。母さんは『白蛇』だったって。『憑きもの筋』の人間は特別な力があって、その家をお金持ちにしてくれるらしい。でも、それだけじゃなくて周りの人を不幸にしたりもするんだって」

「そんなことができるのか？　操も？」

操は首を横に振った。自分にはそんな力はない。それに、すでに死んでしまった母親にもそんな力があったとは思えない。周囲を不幸にするよりも自分だけが寂しく死んでいってしまったのだから。操がそのことを話すと、晃司が急にしんみりとした表情になる。

「そういえば誰かが言ってた。操にはお母さんがいないんだって」

「二年前に死んじゃったよ」

優しかったけれど、心も体も弱い人だったと思う。そして、操はそんな母親にそっくりなのだ。だから、周囲から距離を置かれるし、家族からも愛されていない。

二人は隣り合わせで本殿の石垣に座りしばらく黙り込んでいたが、やがて晃司がぴょんとそこから飛び下りるようにして立ち上がった。このまま何も言わずに帰ってしまうのだろうと思っていた。けれど、晃司はくるりとこちらに向き直り、初めて会ったときと同じようににっこりと笑った。

「でも、操はその『つきものすじ』とかじゃないんだろ。周りの人を不幸にしたりもしないんだよな？」

「そんな力なんかないよ。知ってるでしょ。僕、クラスでも……」

絵に描いたような虐められっ子なのだ。操が自分の唇を嚙み締めていると、晃司がいきなり目の前に手を出してきた。今度はハイタッチのときとは違い、握手をするような手の出し方だった。

「ほら、そこまで一緒に帰ろう」

「あっ、で、でも……」

「大丈夫だよ。神社を出るところまで一緒に行こう。町の人やクラスの連中に見られたくないなら二人きりで遊べばいい。だから、これからはそうしよう。なっ？」

「えっ、そ、それは……」

本当にいいんだろうか。晃司がそんなに操と遊びたいと思っているのがなんだか不思議だった。けれど、ここまで誘われていやだと断わる理由はなかった。それに、操だって本当は晃司と遊びたい。小学校に上がってからずっと誰かと親しく遊んだことがないから、これはものすごく嬉しい誘いだった。

「じゃ、二人きりの約束な」

「う、うん、二人きりの約束……」

晃司が指を出してきたので、操もおそるおそる自分の指を絡めた。指切りも母親が死んでから誰ともしたことがなかった。だから、それだけでも操にとってすごく嬉しい出来事。今日という日がすごく幸せだったから、これっきりもう晃司が約束を忘れてしまってもいいとさえ思うのだった。

◆◆

「ほら、これ。操の分な」

　そう言って神社の本殿の後ろの石垣に腰かけた晃司が、隣に座っている操に棒つきのアイスキャンディーの片方を差し出す。二本の棒つきで半分に割れるアイスキャンディーはソーダ味で、二人は夏になるといつも半分に分けて食べている。

　もう中学生三年になったからアイスキャンディーをそれぞれ買うくらいの小遣いはある。けれど、半分こにするのは小学校の頃からの癖のようなものだった。あるいは、これはもう二人にとっての儀式のようになっていた。

　二人は小学校の頃に指切りをしたように、今でも一緒に遊んでいる。相変わらず二人きりだ。もちろん、晃司は他にもたくさん友達がいて、彼らと遊ぶときは操のことは口にしない。晃司自身は操と仲良くしていることを知られても気にしないと言うが、操のほうが気にするのを知っているから黙ってくれているだけだ。

　中学に上がってからはバスケットボール部に入り活躍していて、男友達が多いだけでなく相変わらず女の子にも人気がある。手紙をもらうのもしょっちゅうで、学校の校舎の片隅で告白されている姿もよく見かけている。だが、今は中学三年で受験勉強が大変だからという理由で、誰からの告白も同じように断わっていた。

でも、晃司は成績も優秀で、彼の兄が通っていた隣町の進学校に問題なく合格するだろうと言われている。ちなみに、彼の七歳上の兄はすでに東京の医大で学んでいて、晃司も同じように医者の道を目指すつもりらしい。

「高校になったら、もうこんなふうに会えなくなるかな」

操が少ししんみりとした気持ちで呟いた。

「なんでだ？」

「だって、隣町の高校へ進学したらきっと忙しくなるよ。通学にも時間がかかるし、勉強も大変だろうし」

諦めた様子で言う操に対して、晃司はまったくそんなことは考えていないとばかりに笑い飛ばす。

「通学なんかバスで三十分だし、勉強は普通にやるだけだ。それで操と会う時間がなくなるなんてことはないよ。それくらいどうやってでも作るしな」

晃司の言葉を聞いて、操は内心安堵《あんど》しながらもなんだかちょっと戸惑っている。嬉しいけれど、自分のことで晃司に無駄な負担をかけたくはないから。

晃司は小学校で指切りした日以来、ずっと約束を破ることなく操と遊んでくれている。遊ぶといっても何か特別なことをするでもない。神社の本殿の裏で会って話をしたりするくらい。ごくたまに晃司の家に行ってゲームをしたりすることもあるが、晃司が藤村の屋敷にくることはない。それは祖父や父親が望んでいないとわかっているから、二人ともわざわざ親に逆らって面倒を起こさないほうがいいと思っているだけのこと。

「それより、今年は中学最後の夏休みだろ。二人で何か記念になるようなことをしようよ」

「記念になること？」

もうすぐ夏休みに入るけれど、高校受験を控えている二人だから晃司は塾通いで、操は家庭教師が家にきて勉強する以外には特に予定はない。もっとも、夏には家族旅行に出かけたりクラブ活動の合宿に行っていた晃司と違い、操はこれまでの夏休みも勉強しているか図書館に通って本を読んでいるかだったので、中学三年になったからといって特に代わり映えのない夏だった。

「二人で山にキャンプに行くのはどうだ？　ほら鋼來山《こうらいさん》にキャンプ場があるだろう。あそこまで行けばテントとか一式借りられるんだ。俺、ボーイスカウトでいろいろ習っているから、あれだけの施設が揃《そろ》っていたら全然問題ない。だから、ハイキングでキャンプ場まで行って二人で一泊してこようよ」

これまでも晃司には思いがけない言葉をかけられたり、遊びの誘いを受けたりしてきた。

でも、泊まりがけでキャンプというのはさすがに驚かされた。

「でも、操の家の人はどうかな？　やっぱり許してくれないかな？」

この町に引っ越してきてもう五年になる晃司だから、藤村家のことも今ではよくわかっている。少し変わり者で厳しい祖父のことや、藤村の家の跡継ぎなのに実家を嫌っている操の父親のこと、さらにはこの町で不動産業を手がけていながらまるで人望のない叔母夫婦のことも知っている。

相変わらずこの町で、藤村家はどこかしら奇妙で怪しげだと思われている。資産はあるのに誰もが必要以上に親しくしようとはしない。下手にかかわれば災厄の火の粉が降りかかるとでも思っているかのような態度は、今に始まったことではなかった。

「聞いてみないとわからないけど、多分……」

操が口ごもったので、晃司がすでに半分以上食べてしまったアイスキャンディーを片手にこちらをうかがっている。そんな晃司に向かって操は笑みを浮かべてみせる。

「なんとかするよ。だって、僕もキャンプに行きたいし。高校は別々になるから、晃司くんと思い出も作りたい」

「本当に？　でも、無理はするなよ。操の家のお爺さんって……」

晃司が何か言いかけて、今度は彼のほうがちょっと口ごもる。その理由はわかっている。

祖父は今では「崎原クリニック」をかかりつけの病院にしているので、晃司の父親が祖父の主治医ということになる。今年で七十八になる祖父は定期的に検診を受けているが、そのときに藤村家のことをあれこれと口にしているのだろう。

晃司はそれを父親から伝え聞いていて、操の祖父が古いしきたりにこだわる人間で、孫の操についても好ましく思っていないことを聞いているはず。だから、あまり無茶をして操が祖父から叱《しか》られないか心配してくれているのだ。

祖父は高齢で実際には何をしているでもない。隠居状態で庭の散策や旧知の者との会食のときくらいしか自室を出てくることもない。それでも彼は今でも藤村の家の実権を握っていて、操の父親も叔母夫婦も祖父の命令には逆らえないような家なのだ。

もちろん、操も祖父のことを誰よりも怖いと思っているし、夕食の席で顔を合わせるときはひどく緊張する。それは操の父親も同じらしいが、大人は仕事という理由でいくらでも帰宅を遅らせたり、ときには外泊もできるのだ。どこまでが本当かわからないが、海外営業という部署にいる操の父親は家と操のことは家政婦に丸投げして、出張も頻繁で相変わらず帰宅しない日が多かった。

「お爺さんも父さんも、僕のことなんかどうでもいいんだ。だから、平気。それに、嘘なんかつかないよ。ちゃんと友達のところに泊まるっていうから」

操が言うと、晃司が苦笑を漏らす。

「確かに、それはまったくの嘘でもないや。ただし、俺の設営したテントだけどな」

いつもの屈託ない笑顔だけれど、彼の笑みは近頃とても大人びて見えるときがある。そんなとき、操は晃司が一人で大人になっていき、自分だけがずっと子どものままこの町に取り残されるような気持ちになる。

初めて会ったときから、晃司は操にとって思いがけない存在だった。指切りをした日から彼はもっと特別な存在になった。そして、こうして五年あまりの日々も変わらずそばにいてくれた彼のことを、操は言葉にはできない思いで見つめてしまう。

（なんだろう。なんだか胸の中がうずうずしていて変な感じなんだ……）

操がアイスキャンディーを食べ終えて、残った木の棒を近くのごみ箱に入れにいこうとすると、その背中から晃司が言う。

「なんなら俺んちに泊まるって言っておけよ。それならお爺さんもきっと何も言わないんじゃないか。どうしても駄目なときは、父さんから説得してもらってもいいしな」

晃司の父親は町ではみんなから信頼を得ている内科医で、操の祖父でさえ世話になっているから一目置いている。でも、たかだが遊びに行くくらいでそんな面倒をかけたくない。

「平気。それより準備しておくものとかがあったら教えて。僕、キャンプなんてしたことないし、晃司くんだけが頼りだから」

情けなく聞こえるかもしれないが、晃司に見栄を張ってもいまさらだから正直に言った。すると、晃司はまかせておけとばかりに自分の拳《こぶし》で胸を叩く。そういう彼を見ると本当に頼もしくて、自分みたいな何もできない人間が彼のそばにいることすら恥ずかしくなる。

なのに、晃司はそんな操の肩に手を回してくると、クラスでは見たこともないような得意げな笑顔を浮かべてみせる。

「俺さ、操に頼りにされるとなんだかすごく張り切っちゃうんだよな。いつもよりももっと頑張ろうって思う。なんでかなぁ。でも、本当に操のためならなんでもできる気になるんだ」

「晃司くん……」

出会ってから五年。周囲の誰にも内緒にしてきた二人の関係。すぐに終わる、そのうち終わると思い続けてきたのに今も続いているだけでも操には奇跡のようだ。別々の高校に進学しても、自分たちはこれまでと変わらないと晃司は言ってくれた。

本当にそうだったらいいと思う。でも、晃司は自由でどこへでも行ける。操はそうじゃない。いつか離ればなれになる日はやってくるだろう。ただ、今はその日のことを考えるのはやめておこう。晃司と二人で行くキャンプはきっと夢のように楽しいはず。操の人生に楽しいことはあまりにも少ないから、それを誰よりも大切にしたいと思うのだ。

日が暮れた途端、山は急にひんやりとしてきた。昼間は日陰にいても汗が流れるくらい暑い真夏なのに、今はトレーナーを着ていても少し肌寒い。

「テントの中に入るといいよ。俺も火の始末をしたらすぐに行くから」

約束どおりキャンプのことは何もかも晃司がやってくれた。操もできるかぎり手伝ったけれど、足手まといになってばかりだったような気もする。

今日は朝からハイキングでかなり歩いたし、慣れないことを一度にしてすっかりくたびれていた。それでも、一人で先にテントの中に入る気にはなれなかった。晃司が火の後始末をしている間、借りた食器や道具の片付けなどをして待っていた。それから二人してテントに入ると、それぞれの寝袋にくるまる。操は寝袋など持っていないので、晃司が兄の分を持ってきてくれたのだ。

「温かいね」

「だろ？　寝袋さえあればどんなところでも眠れるんだ。木があれば必ず火を熾《おこ》せるしな」

ボーイスカウトでは、こんなりっぱな設備のないところででもキャンプをするらしい。晃司は火の熾し方や飯盒《はんごう》でのごはんの炊き方などなんでも知っていて、それを操に寝袋から出した両手で手振りを交えながら話してくれる。

同じ小さな町で生きていても、晃司の世界は本当に広い。操とはまるで違う世界を見ているようだ。夢中で話している晃司の顔を横になったままじっと見ていると、彼も操の視線に気づいてこちらを向いた。晃司が急に言葉を止めて、操の顔をじっと見つめ返してくる。

「晃司く……ん？」

操が不思議に思って彼の名前を呼ぶと、晃司の手が伸びてきて頬に触れた。

「操、可愛いな。クラスの……、ううん、学校のどの女の子よりきれいだ」

「そんなこと言うの、晃司くんだけだよ」

「そうなのか？　でも、だったら、それでいいよ。他の奴が操のことを好きになったら取り合いになっちまうから、俺だけが操を好きでちょうどいいや」

そんな言葉を聞いて操はちょっとおかしくなって頬を緩める。

「僕も晃司くんに好きでいてもらえたらそれでいい。晃司くんが転校してきてくれて、本当によかった。でないと、僕はずっと一人ぼっちだったから」

操は自分の頬に触れている晃司の手に自分の手を重ねて言った。すると、晃司がなぜか少し照れたように笑うと、小さな声で何か言った。

「えっ、何？　聞こえなかった」

「……したいなって。キス……」

思ってもいない言葉を聞いて一瞬惚けたように目を見開いたが、すぐに真っ赤になって目を逸らしてしまった。そんな操を見て、晃司は慌てて自分の手を引っ込める。

「ご、ごめん。変なこと言った」

そして、そのまま寝返りを打って操に背を向けると、寝袋を引っ張り上げてすっぽりと中に入ってしまおうとする。それを見た操が寝袋から体を出して、晃司の二の腕をつかみながら言う。

「ううん。変じゃない。変じゃないよ。だって、僕も……」

「えっ？」

勢い余って「僕も」と言ってしまったが、それを聞いて晃司がもう一度こちらを向いて操を見つめる。

「操もか？　本当に？」

そんなふうに確認されたらよけいに恥ずかしくなってしまい、両手で顔を覆ってしまった。その両手を晃司がつかんでそっと外してしまう。そして、ゆっくりと顔を近づけてくる。中学に上がってから一年ごとに大人っぽく男らしくなっていく晃司の顔。こんなにも近くで見たのは初めてかもしれない。

そんな晃司の顔をうっとりと見つめていたけれど、唇が触れ合った瞬間に慌てて目を閉じた。すごく不思議な感覚だった。温かくて柔らかくて、そしてとても気持ちいい。

「んん……っ」

自分でもよくわからないままに小さく声を漏らしたら、狭いテントの中でゴソゴソと音がして晃司の体がすごく近くにきていることに気がついた。唇を合わせている間に晃司が自分の寝袋から出てきていたのだ。一度唇を離してから、二人は顔を見合わせて猛烈な照れくさとともに微笑《ほほえ》む。

寝袋はジッパーを広げると布団のようになるので、二人はその上で体を重ねて何度かキスをした。体をぴったりと寄せると、晃司の股間《こかん》が硬くなっているのがわかった。それを意識した途端に操自身も熱くなって、慌てて身じろぎをする。けれど、晃司はそれでも体を寄せたまま操の耳元で言った。

「操のも硬くなってる。やっぱり、男なんだな」

「あ、当たり前だよ。僕だって……」

もう自慰くらいは覚えている。家では家政婦の人に洗濯をしてもらうし、ときには掃除機をかけに自室に入ってもらうので、絶対にばれないようにお風呂のときにこっそりしている。晃司はどうしているのだろう。ちょっと興味があったけれど、そんなことは言葉にして聞けなかった。けれど、晃司はそんなことも正直に口にしてしまう。

「俺、よく寝る前に自分でする。そんなときだいたい操のことを考えてるんだ。操にキスしたり触ったりしたらどんなだろうって思いながらやってる」

「そ、そうなの？」

「うん、だから、今夜は現実になってすごくドキドキしてるし、なんかすごく嬉しい。なぁ、操の触っていいか？」

そう言ったあと、ゆっくりと股間に手を伸ばしてくる。いやとは言えなかった。本当にいやじゃなかったから。それに、操も晃司のものに触れてみたかった。同じ男でも晃司と操はあまりにも違っている。きっとそこも違っているんだろうと思っていたが、互いの手で触れ合ってみれば当たり前だが形は似たようなものだった。

ただ、大きさや長さや太さは違うとわかった。テントの中では小さなランタンをつけているだけなのでよく見えないけれど、薄闇《うすやみ》の中でそれぞれのものは色も違っているのもわかった。

「操のはここも白いんだな」

言われて、晃司のものと見比べて本当にそうだと思った。この歳になっても友達と一緒に風呂に入ったりという経験がないので、自分以外の人のものなどよく知らなかったのだ。

「晃司くんのほうが大きいね。それに太いし、すごいや」

そんな感想を口にし合ってから、互いにちょっと照れたように笑い、ゆっくりと擦《こす》り合ってみた。それは自分の手でするよりもずっと気持ちがよくて、なんだか体がふわりと宙に浮き上がるような気分だった。これまでとはまるで違う感覚で、二人はアッと言う間に互いの手を濡《ぬ》らしてしまっていた。

晃司はリュックからポケットティッシュを取り出してきて、操の手と自分の手を丁寧に拭《ふ》いてからまた同じ寝袋に横になった。

「このまま寝ようか。俺の寝袋を上からかけておけばそんなに寒くないだろう」

「うん。晃司くんにくっついていたら平気。すごく温かいから」

別々の高校に上がる前に思い出を作ろうと二人で出かけたキャンプだった。キャンプだけでも充分に楽しい思い出になったと思う。けれど、それ以上の思い出を二人で作った。操は晃司との関係がもうこれっきりになっても辛抱できると思った。こんな自分なのに、人に言えないくらいすごい思い出を大好きな晃司と作ることができたのだから。

◆
◆

退屈な地方の町で操を取り巻く世界は大きく変わることなく、時間だけが淡々と過ぎていく。晃司は隣町の高校に、操は地元の高校にそれぞれ進学して、気がつけばすでに二年の秋になっていた。

藤村家もまた変わることなく大きな屋敷を構えてはいてもどこかひっそりとして、人々の噂にのぼるのは祖父の体調が近頃はよくないらしいということ。

操の父親は以前にもまして海外出張が多く、日本にいるときも勤めている会社のそばに借りているマンションで生活をしていて帰宅するのは月に一、二度になっている。

叔母夫婦は屋敷の離れで暮らしていても、家政婦にあれこれと命令していくばかりで、祖父の面倒を率先してみているわけではない。その代わり藤村の商売を切り盛りしているというのが彼らの言い訳なのだが、自分たちの好きなように藤村の資産を使っていることは家政婦たちのおしゃべりから耳にしていた。だからといって、高校生の操に何ができるわけでもない。

「操のお爺さん、あまり具合がよくないんだって？」

その週末、神社の本殿の裏で会っていた晃司が操にたずねる。彼の父親は祖父の主治医なので話を聞いているのだろう。

「近頃は食事も自分の部屋で摂《と》っていて、あまりよくないみたい。ときどき様子を見にいくけど、お爺さんは僕の顔を見ると機嫌が悪くなるから……」

操は藤村のたった一人の孫なのに、相変わらず祖父から毛嫌いされているままだ。小さい頃は自分の何がいけなくて嫌われるのだろうと考えたりもしたが、十七歳になった今はもうそんなことも考えなくなっていた。とにかく、好かれていないのだから仕方がない。たとえ迷信めいた話が理由であっても、そう信じている祖父の心をいまさら変えることなどできやしないのだ。

祖父のことを案じていないわけではないが、それよりも操にはこうして晃司と会っている貴重な時間にはもっと楽しい話をしたかった。それぞれの高校に通うようになってからは、中学の頃のようにしょっちゅう会えるわけではないのだから。

「操も一緒の高校に通えればよかったのにな。勉強だってできるんだからさ」

成績の優秀な晃司は、彼の父親や兄と同じ医学の道を進むつもりだ。操も成績だけならその進学校へ入学することは可能だったと思う。だが、祖父がそれを望まなかったことと、父親も地元の高校で問題ないだろうと言ったため操はこの町から出ていくことはできなかった。

「でも、体があまり丈夫じゃないから、長い通学時間は大変だと思う。すぐに学校を休んでいたら、勉強にもついていけなくなっていたかもしれないし……」

操はまるで自分自身に言い訳するようにそう言った。幼少の頃から虚弱なのは変わらない。身長はそこそこ伸びたものの地元の高校のクラスでは低いほうだし、華奢な体や色白でひ弱そうな印象は相変わらずだ。

「操はそんなに弱くないよ。きっと自分でそう思い込んでいるだけだ。もっと運動してしっかり食べられるようになればちゃんと丈夫になれるよ」

「お医者さんを目指している晃司に言われると、そうなのかなって思えるから不思議」

「本当にそうだって。親父《おやじ》もそう言ってたよ」

彼の父親は祖父の主治医であるだけでなく、地元の高校の健康診断も担当しているので、操の体のことも知っている。いつまでたっても体力がつかないのは、晃司の言うように食が細くて運動が苦手だからだろう。

「俺が医者になったら操の主治医になって、毎日しっかり運動させて、栄養のあるものをたっぷり食べさせてめちゃくちゃ健康にしてやるからな」

「それってお医者様じゃなくて……」

家族とか親しい関係の誰かが口にする言葉のように思えて、嬉しいような照れくさいような気持ちになる。中学三年の夏に一緒にキャンプに行き、二人は秘密の思い出を作った。操は晃司とのつき合いがあれきりになってしまっても諦めようと思っていた。だが、実際はそうではなかった。

晃司は今も操との関係を大事に思ってくれているし、操が晃司を慕う気持ちも以前よりもずっと強くなっている。大事な秘密の思い出は単なる思い出にはならなくて、自分たちにとってはもっと大きな意味を持つようになっていた。

あのときから二人はただの友達ではなくなったのだ。いつしか操も晃司の名前を呼び捨てにできるようになり、もっと特別でもっと親密で、友達以上の関係になっていた。

晃司は操が好きだと言ってくれる。中学のときも学校のどの女の子よりきれいだと言ってくれた。今は隣町の男子校に通うようになったが、大きな町では女の子との出会いはたくさんあると思う。それでも、彼は操が一番好きだと言ってくれるのだ。

操にとっても晃司は子どもの頃から変わることなく一番の存在だ。自分にあまり愛情を持ってくれない家族よりも晃司のほうがずっと大事だし、彼と一緒にいるときだけ操は生まれてきてよかったと思えるのだ。

「来週末だけど、親父が学会で東京へ行くんだ。兄貴の様子を見たいからって母さんも一緒についていくってさ。だから……」

そこまで言うと、晃司はいつものように本殿の石垣に並んで座っている操の二の腕をつかんで自分のそばへ引き寄せる。先の言葉は言わなくてもわかる。中学のときから晃司の家にはときどき遊びに行っていた。でも、高校生になってからは彼の両親がいないときに遊びにいくようになっていた。

理由はあのキャンプのときと同じことをするようになっていたから。本当はあのとき以上のことをしている。男同士でどうやってするのか操はよく知らなかったけれど、晃司はそういうこともちゃんと調べていたのか、丁寧に一つ一つ教えてくれた。

後ろを初めて使ったときは怖かった。痛みもあったし、やっぱり泣いてしまった。でも、やめたいとは思わなかった。こうすることでもっと晃司との親しさが増すのだと思えば、少しくらいの痛みや恐怖など辛抱できた。

町中では相変わらず特に仲良くしている素振りは見せないようにしている。中学校までは操と必要以上に親しくしないほうが晃司のためだと思っていた。クラスで人気のある晃司と仲良くしているとばれて、嫉妬《しっと》から風当たりが強くなるのもいやだった。でも、今は二人して共有している秘密がある。だから、以前以上に自分たちが親しい関係だと思われないように気をつけていた。

晃司はどちらかといえば楽観的だし、堂々としていたらかえって誰も何も思わないと言うけれど、操は相変わらず神経質にならざるを得ない。

「じゃ、適当な時間にメールして。図書館の帰りに寄るようにする」

「いちいちどこかでアリバイ作りなんかせずに、普通にくればいいのに」

諦めながらも呆《あき》れたように言うのはいつものことだ。

「駄目だよ。僕なんかと仲良くしているって思われたら、晃司が迷惑するから。そんなの僕はいやだから……」

そして、操の答えもいつものこと。晃司もこの町の独特の空気は理解している。古くからこの一帯の大地主であった藤村家は、過去には周囲の人間に横柄であったり厳しい態度であったりしたのだろう。それが戦後になってじょじょに没落していき、やがてはいわくつきの家から嫁をもらって政略結婚までしてなんとか家を守り続けている。そんな藤村家に町の人はもはや威厳など感じるわけもなく、いずれは崩壊していく様を哀れんで眺めているだけだ。

今はまだ土地やマンションを所有しているし米問屋の商売などがあるが、それも叔母夫婦が素人《しろうと》経営をしている状態だ。おそらく操は父親のように外に働きに出ることになると思うが、心身ともにひ弱な自分に何ができるのかと思えば不安になることもある。けれど、そんなことも藤村家に生まれたときから決められた運命だと思えば、思い悩んでも仕方のない話だった。

家のことを考えるといつだって操の表情は曇り、気持ちは沈んでしまう。そんな操を見るたび、晃司は自分の経験した何か楽しい話題を持ち出しては気分を変えてくれる。ところが、この日にかぎってはそうではなかった。

「あのさ、一度確認してみたいと思っていたんだけど、操がずっと前に言っていた話ってどこまで本当なわけ？」

「話って？」

いきなりの問いかけに、本当に晃司の言葉の意味がわからなかった。だが、彼の少し言い難《にく》そうな表情を見てその意味を察した操は苦笑を浮かべた。

「僕の母さんのこと？　『憑きもの筋』っていう話ならよくわからない。母さんの実家のことは何も教えられていないし、どこに里があるのかも知らないんだ。だから、調べようもないしね」

もし母親の実家についてわかったとして、詳しく調べたところで仕方がないと思っている。今の世の中に「憑きもの筋」だとか「富をもたらして災いを成す」とか、あまりにも荒唐無稽《こうとうむけい》すぎるから。

「ただ、お爺さんはそう信じているし、父さんも母さんと結婚したかったわけじゃなかったみたいだから」

「望まれずに嫁にくることになって操のお母さんは気の毒だったと思うけど、藤村の人間が生まれた子どもに冷たくする理由はないんじゃないのか？　俺にはそれが納得できないんだよな」

「跡継ぎは必要だったかもしれないけど、『憑きもの筋』の者は周囲に不運や不幸をもたらすことがあるから、身内でも近寄りたくない気持ちはあるんじゃないかな」

操にしてみればもう当たり前のことだったから、まるで他人事《ひとごと》のように言ってしまう。だが、晃司のほうが自分のことのように声を荒げる。

「なんでだよ。そんなもの迷信だろっ。操は人を不幸にしたりしないじゃないかっ。なのに、町の連中も年寄りの話を真に受けていたり、身内なのにちゃんと守ってくれないとか絶対におかしいだろっ」

明るいけれど穏やかな性格の晃司なので、声を荒げて何かを非難するようなことは滅多にない。これまでも藤村の家の奇妙さにはいろいろと言いたいことがあったのだと思う。だが、他人の家の事情に口を挟んではいけないと両親に言い含められていたのか、ずっと我慢してくれていたのだろう。

だが、そんな不満を操に怒鳴ったところでどうなるものでもない。晃司もそれはわかっているので、すぐに「ごめん」と小さな声で謝っていた。こんなことで晃司に謝ってもらうことはない。藤村家が奇妙なのは事実で、晃司は当たり前の疑問を口にしたにすぎないのだ。

ただ、操はまだ高校生で自分の力で何ができるわけでもない。藤村の家の実権は体調を崩しているとはいえまだ祖父が握ったままだし、商売を切り盛りしている叔母夫婦たちでも祖父の意向を無視しては資産を勝手に動かせるわけではないのだ。

「ごめんね。変な家だから……」

「操が謝ることじゃないよ。俺のほうこそごめん。でも、なんでこんなことになっているのか、本当にわからないんだ」

晃司は父親が医大の恩師の紹介を受けて地方のこの町に開業すると決めたとき、生まれ育った東京を離れるのがいやだったらしい。それはそうだろう。子どもにとって転校は大きな出来事だ。それまでの友達とも別れなければならないし、新しい場所に飛び込むのはそれなりの勇気と覚悟が必要だ。

それでも、引っ越し前に転校手続きなどの雑用で連れられてきてみれば、自然も近くにあっていいところだと思った。そして、公園でサッカーをしているときに操に会って、急にこの町に引っ越してくるのが楽しみになったのだという。

「いい町だと思うけど、どうしてそんな古臭い迷信に縛られているのかがわからないよ。操だって自由にどこにでも行けるはずだ。本当なら隣町の高校に進学できただろうし……」

あらためて残念そうに言われると、祖父や滅多に帰宅しない父親の言葉に逆らえない自分が情けなくなる。そして、ふと考えるのはいつまでこうして一緒にいられるのだろうということ。高校は隣町の進学校に通っていても、大学は彼の兄がそうしたように晃司も東京の医大に進むはず。そのときこそ、操はこの町に置いていかれてたった一人になってしまうのだ。

そんな日のことを思うと、操は今から胸の奥がひどく痛んで泣きたい気持ちになってしまう。ずっと一人だと思っていたのに、そうではなくなって七年ばかり。晃司が引っ越してきてくれたおかげで、操はこの町で一人ではなくなったし、寂しさばかりの日々でもなくなった。でも、そのせいで自分はかえって弱虫になったような気がする。それを晃司のせいだと言うつもりはないけれど、彼がいつかこの町から去っていく日を考えずにはいられない。

そんな思いを口にはできずに大好きな晃司の顔を見つめると、彼が操の体を抱き締めてきて耳元で囁《ささや》いた。

「コソコソしないで、二人でずっといられたらいいのに……」

「僕もそう思うけれど、この町にいるかぎりそんなこと無理だよ」

操の諦めきった言葉に、晃司が突然子どもの頃のような屈託のない笑みを浮かべてみせる。操がきょとんとしてそんな彼を見つめていると、晃司が思いがけないことを口にした。

「だったら、この町を出ればいいんだよ。俺は東京の大学に行く。操もそうすればいい。二人で部屋を借りて一緒に暮らしながら大学に通えばいい。なっ、いい考えだろ？」

「えっ、で、でも、そんなことお爺さんと父さんが許してくれるかどうか……」

「操の人生なんだから、操が決めればいいんじゃないか。十八になったらもう子どもじゃない。俺は本気で操と一緒にこの町を出て暮らしたいと思っている。もちろん、ずっと将来はまたこの町に帰ってきてもいい。だから、二人で東京の大学へ行こうよ」

晃司は医大に進むだろう。操が学ぶとしたら、藤村の家のことがあるから経済・経営学だろうか。あまり興味はないけれど、父親のように外で働くにしても藤村の家の商売を手伝うにしても、それらが現実的な選択だと思えた。

ただ、何を学ぶにしてもこのしがらみだらけの小さな町から出て、東京で晃司と一緒に暮らせたらそれ以上嬉しいことはない。それは本当に叶えられる夢なのだろうか。晃司がいればそれも可能なのだろうか。

「東京かぁ。行ってみたいな」

「操の成績なら入れる大学はいくらでもあるよ。地元の大学にこだわっている意味なんかない。こんな狭い世界に閉じこもっていることもない。きっと大丈夫だって」

中学でキャンプに行ったときもそうだった。晃司が大丈夫だと言ってくれれば操はなんでもできそうな気持ちになる。あのときだって、どうにか祖父と父親に許可を得て出かけることができたのだ。自分はもう子どもじゃない。高校三年になれば間もなく十八歳になる。自分のことは自分で判断してもいい年齢だ。操の心の中に大きな夢が広がっていく。

（ううん、違う。夢じゃない。これは現実なんだ。僕は晃司とならこの町を出て行くことができるかもしれない……）

操は生まれて初めてここではないどこかへと行く自分を想像して心を弾ませる。誰も自分を愛していないのだから、きっと町を出ることを止める者もいないだろう。祖父にしても父親にしても、いっそ操がこの地にいないほうが安心して暮らせるのかもしれない。

晃司に話したとおり、自分には人を不幸にしたり不運に貶《おとし》めたりするような力はない。富をもたらすという「白蛇」の金運も操自身はまったく意識をしたことがないし、藤村家が戦前のように潤っているわけでもない。

このとき、操の前に小さな町から出ていくための一本の道が見えた。この道を見失うことさえなければ、きっと自分は新しいどこかへ行ける。それも一人ではない。大好きな晃司と一緒にだ。だったら、何も怖いことはないと思った。

次の週末には学会のために両親が東京に出かけた晃司の家に行った。午前中に図書館に寄って、そこでいつもどおり数冊の本を借りてから人目に触れないように「崎原クリニック」を訪ね、裏口から自宅に招き入れてもらう。

二人きりになればいつもどおり手を握り、晃司の部屋に入ってそのままベッドで抱き合う。一緒にいられる時間がかぎられているから、どうしても夢中になってしまうのだ。それでもやっぱり嬉しいのは、操が晃司を好きでいるのと同じくらい、晃司もまた操を求めてくれること。

八歳のときに母親が亡くなって、操はもう自分には楽しいことも嬉しいことも何もないのかもしれないと思った。それくらい寂しい毎日が骨身に沁《し》みていて、何かを期待して裏切られるくらいなら何も望まないほうがいいと思うくらいになっていた。

けれど、十歳になって晃司が町にやってきて操の世界は変わった。彼は自分にとって運命の人だったのだ。

「操は高校になっても全然変わらないな」

「身長は伸びたよ」

「うん。身長はね。でも、色の白いのも女の子よりきれいなのも変わらないよ。髪の毛も優しい茶色で柔らかくて、肌はすべすべしていてどこも触っていて気持ちがいい」

「晃司は変わったよね。高校のバスケ部で鍛えられたから前よりずっと逞《たくま》しくなったし、目鼻立ちも凜々しくなってきた。お兄さんより崎原先生に似ているのかな」

進学校とはいってもまだ二年でクラブ活動は続けているので、黒髪のまま前髪以外は短めに整えていて、それがはっきりとした目鼻立ちによく似合っている。

「兄貴は、性格は父親似で顔は母親似なんだ。俺は、顔は父親に似ているって言われる」

「じゃ、性格は?」

「死んだ爺さん。おっとりしているかと思えば目的を見つけるなり突っ走っていくし、人当たりがいいかと思えば変なところで頑固らしい」

そういうところはあるかもしれない。でも、そんな晃司が操は好きだ。優しいけれど意思が強い。人の意見に左右されることがなくて、自分の考えで自分のことを決める。失敗したり間違っていたときは潔く認めるし謝るから、素直で真っ直ぐな人間だとわかる。

「後ろ、いい？　コンドーム買ってあるから」

「うん、いいよ」

操はこの町ではコンビニエンスストアとかでも避妊具を買う勇気などない。どんな噂をされるかわからないからだ。けれど、晃司は隣町の高校へ通っているので、その途中で手に入れる機会はいくらでもあるのだという。

「ああ……っ、んんっ、んぁ……っ」

「操、操……、大好きだ。ずっと一緒にいたい」

「僕も、僕も一緒がいい。晃司とずっと一緒にいたい」

二人の思いは一つだった。そして、これは操にとってたった一つの願いで希望。きっと叶えたかった。きっと叶うだろうと信じていた。

この町を出て、晃司と一緒に東京へ行く。それは単なる夢ではなく、必ず叶えたい願いだった。だから、操はこれまで以上に勉強も頑張ったし、東京の大学で自分が受験できそうなところも調べていた。学校の教師からは成績なら大丈夫だと言われていたが、問題はそれ以外のことだった。

藤村の家を離れ、この町を出ることを許してもらえるかどうかはわからなかった。けれど、家族にも愛されていない操だから、いなくなればいっそ清々するとばかりあっさりと許可が下りるかもしれないと楽観的な思いもあった。

ただ、気になっているのは祖父の体調だった。心臓の不整脈があって、手術をするほどではないが今は薬による治療を受けながら安静にする日々が続いている。家政婦の他に今は訪問看護師も週に二度ほどやってきて世話をしてくれている。

叔母夫婦は仕事が忙しいという理由で、朝夕に様子をうかがいに行くくらいだ。叔母はまだしも、義叔父《おじ》のほうは血の繋がりもない婿《むこ》養子なので昔からあまり親しみもない。また、彼は十数年前に遭った交通事故で片足が不自由なこともあり、段差の多い古い母屋屋敷には近寄りたくないらしい。なので、土地やマンションの関係で管理を頼んでいる不動産業者の指示があって、祖父の印鑑や署名をもらわなければならないときなどに顔を出す程度だった。

操といえば、学校から帰宅したら必ず挨拶をして様子を見るため祖父の部屋に顔を出しているが、近頃は眠っていることも多い。操の顔など見たくなくて、言葉も交わしたくないから眠ったふりをしているのかもしれない。

　父親は相変わらず仕事が忙しいという理由で隣町のマンション暮らしが続き、実の父親が寝込んでいてもあまり心配しているふうでもない。自分の家族ながら、本当に藤村というのは情のない一家だと思う。

「大旦那様に万一のことがあったとしても、旦那様は戻ってくる気はないみたいだし、妹さん夫婦が家を継ぐのかしら。笹野さんはそれでもこちらで働くつもりですか？」

「いまさら他で仕事を見つけるのも面倒だしね」

「わたしはどうしようかな。妹さん夫婦ってなんか苦手なんですよね。それにしても可哀想なのは坊ちゃんですよね。でも、坊ちゃんもどこか変わっているんだけど……」

「こんな家庭で育ったら、普通じゃなくなるのは仕方ないかもね。典型的な愛情不足でしょうよ」

　台所の横の和室は家政婦や看護師、必要に応じて頼んでいるタクシー会社の運転手の控えの部屋になっていて、手の空いている者はよくそこで世間話をしている。世間話といっても、たいていは藤村の家に関する噂話だ。

「いい子はいい子なんですよね。こんな環境でぐれたりもしないでじっと辛抱しているじゃないですか。でも、それがなんかかえって気味が悪いっていうか。やっぱり、亡くなった奥様の噂って……」

森田が言いかけたところで笹野が「シッ」と言って彼女の言葉を止めるのがわかった。襖《ふすま》の外の廊下を通りかかった操の存在に気づいたわけではない。ただ、そのことはこの家で声に出して話すのはずっとタブーとなっているのだ。まるで声に出してしまうと、悪いことが現実に起こるという言霊信仰が存在しているかのように、皆がずっと口をつぐんできたことだ。

今夜は夕食はいらないと伝えにきた操だったが、そのまま何も言わずに自分の部屋に戻る。高校三年になって塾に通うようになっていた。塾の日はクラスの前にファストフードを食べたりして夕食代わりにすることもあった。祖父が自室で食事をするようになってからは、ほとんど孤食が続いていたのでどこで食べても同じだと思っていたのだ。

大学受験に不安はなかったが、屋敷にこもっているよりは外に出る理由があればそのほうがいい。それに町の外れにある塾には晃司も通っている。医大受験コースと私立大学の文系コースではクラスは違うが、休憩時間には廊下で顔を合わせることもできる。

ただし、地元の高校の生徒も多く通っているので、塾でも二人は特別仲のいい素振りは見せないように気をつけていた。ただ、ときには顔見知りがいない曜日もあって、そんなときは休憩室の片隅で言葉を交わしたり、近くのコンビニエンスストアで買ってきた軽食を一緒に食べたりもした。

「どうだ？　東京の大学への進学は認めてもらえそうか？」

「まだ話せてないんだ。お爺さんは自室にこもりきりで、様子を見にいっても眠っていることが多いし、父さんは滅多に帰ってこないし……」

「そうか。でも、家のことは叔母さん夫婦がいるんだろう。昔からの家政婦さんや看護師もいるんだったら、操が東京に出ても大丈夫じゃないか？」

「うん、どうせ僕なんてあの家にいてもいなくても変わらないし……」

「操……」

そういう自虐的な言葉を口にすると、晃司はいつも否定してくれた。けれど、近頃は少し悲しそうな顔をするだけになっている。藤村家の奇妙な噂をこの町でさんざん聞いていれば、どんな慰めも虚《むな》しいと思うようになっても仕方がない。

でも、近頃は自虐的になっているだけではない。そんなふうな家だから、きっと十八になれば東京だろうがどこだろうが勝手に行けばいいと言われると思っていた。それはいっそ今の操にとっては好都合だ。だから、祖父や父親に進路について話す機会さえ得られれば、簡単に了承してもらえると思っていたのだ。

ところが、ようやくその機会を得てみれば、操の予測は大きく裏切られてしまった。父親と叔母夫婦は操の好きにすればいいと言ってくれたのだが、祖父だけが頑《かたく》なに東京行きを反対したのだ。

このとき、操は生まれて初めて祖父にどうしてなのかと泣きそうになりながらも必死で問いかけた。自室の布団で体を起こした祖父は、操と視線を合わせることもなかった。ただ、この町を出てはいけないとだけ言う。理由も言ってくれないのでは納得できるわけもない。だが、祖父がそう言ったことで父親も叔母夫婦までもが意見を翻してしまった。結局、この家では老いても、病に臥《ふ》せっても祖父が実権を握っていることは変わらない。そして、誰も祖父に逆らうことはできないということだ。

それでも今度ばかりは操もいつものように素直に従う気持ちにはなれなかった。そのときは黙って祖父の部屋を出たものの、学校で志望大学を書いて提出するときに、東京の大学名を書き込んでおいた。一応滑り止めとして地元の大学の名前も書いておいたが、そこに進学するつもりはまったくなかった。

いざとなったら家を捨ててでも東京に行こうと思っていた。学費のことならどうにかなる。というのも、母親が亡くなったとき彼女が実家から持ってきて自らの名義で蓄えていた金を、そっくり操が相続するように遺言を残しておいてくれたのだ。その金は弁護士の管理によって銀行に預金されていたが、十八歳になった今は操が望めば引き出すこともできる。

藤村の資産からすればたいした額ではないが、それでも大学四年分の学費としては充分だ。生活費がどうしても足りなくなったらバイトをすればいい。都会なら自分でもできるようなバイトもあるだろう。幸い成績は悪くないし、名前の通った大学の学生なら家庭教師のバイトもあると聞いている。それなら体力のない操でもきっとできるはず。

これまではずっと祖父や父親の意見を黙って聞いてきた。けれど、もうこれ以上は自分を殺してまでこの小さな世界で縮こまって生きていくのはいやだった。この町にいれば自分はいつまでたっても藤村の子ということで特別な目で見られてしまう。晃司とも堂々と並んで歩くことさえできないのだ。

　東京に行けば二人で暮らして、二人で一緒に町中も歩けて、二人で将来のことも語り合える。大学進学は操にとってやっと巡ってきたチャンスなのだ。これを逃せば自分はずっとこの町を出ることもできず、ずっと藤村の家に縛られたまま生きていくしかなくなる。

（それだけはいやだ。もう、僕はいやなんだ……っ）

　受験までの日々、操は素知らぬ顔で暮らしていた。その裏で晃司と一緒に東京の大学受験のための準備を着々と整えていた。受験の申し込みも郵送ですませて、試験の日が近づいてきた今は、晃司は彼の兄を頼って一足先に東京に出ている。彼の医大の試験と操の志望大学の試験は数日違いなので、操があとを追っていく予定になっていた。晃司の兄の部屋に泊まればいいと言われたが、それは操のほうが緊張するので自分でホテルを予約しておいた。

　東京へ出る電車の手配もインターネットがあればいくらでもできる。新幹線の切符を押さえ、ホテルや大学への行き方も念入りに調べ、スポーツバッグに着替えや受験票など必要な書類も忘れずに詰め込んでおく。

　藤村の家の者には塾で知り合った友人の家に泊まり込みで勉強会をすると言ってある。受験日が近づいて追い込みだからと言えば、それほど疑われることもなかった。そもそも操のことなどたいして興味がないのだから、晃司以外の友達がいないこともよくわかっていないのだ。

祖父は操がこの町から出て行かずにいればそれでいいらしい。まるで操をこの町に閉じ込めておけば、それで災いが世間にばら撒《ま》かれないとでも思っているようだ。

すべてを整え東京へ行く日を数日後に控えて、操は気持ちの高ぶりを感じながらも少しばかり拍子抜けした気持ちもあった。こんなことならもっと早く決心していれば、この町から出ることもできたのではないかと思えたからだ。

祖父が操をこの町に縛りつけておこうとしていたように、操自身も勝手に自分がここから出ることができないと思い込んでいたような気もする。

大学にさえ受かってしまえば、あるいは父親は賛成してくれるかもしれない。地元の大学よりもよっぽど偏差値の高い大学なのだ。藤村家としてもそのほうが鼻が高いと思ってくれればいい。それればかりか、祖父も操が東京の有名私立大学に合格すれば、今度こそ不肖の孫などではないと認めてくれるかもしれない。

明日には東京に行くという日の夜、操は晃司にメールを入れる。今日は晃司の試験の日だったから、操も一日中ずっと祈るような気持ちでいた。

『多分大丈夫だと思う。次は操の番だ。早く東京で会いたいよ。待っているからな』

彼のことだからきっと大丈夫だと思っていたけれど、返ってきたメールを見て操はホッと安堵の吐息を漏らす。そして、いよいよ自分の番だといまさらのように緊張感が込み上げてきた。

(平気だから。何も怖いことなんてないから……)

そうやって自分に言い聞かせているのは、入試のことではなくてこの家とこの町を出て行くことについてだった。今までは子どもだったから、この町以外の場所なんて遠いと思っていただけ。でも、今はもう十八歳になった。選挙権もあって結婚もできて、親の承諾書などなくてもなんでもできる年齢になったのだ。

操はようやく解放を実感していた。同時に、藤村という家の因習に縛られてきたのは他でもない、自分自身のせいだったのだと滑稽にさえ思えるのだった。

そして、今一度持っていく荷物を確認しておこうと思ったときだった。廊下の向こうからバタバタと誰かが走ってくる足音が聞こえてきた。この屋敷で走り回る者などいない。奇妙に思って自室のドアを開けようとしたら、激しくノックする音がしてぎょっとした。

「操さん、大変です。大旦那様が……っ」

家政婦の森田の声がして、操が慌ててドアを開ける。廊下に立っていた彼女は母屋の祖父の部屋を指差しながら震える声で言う。

「大変です。大旦那様の具合がおかしいんです」

「ど、どういうこと？」

「食事のあと横になられたんですが、さっき様子を見にいったら寝床の中で胸を押さえられていて……」

ひどく苦しんでいたらしい。笹野が救急車を呼んでいるというので、操もすぐに森田とともに祖父の部屋へ駆けつけた。そこには叔母がいて、祖父に声をかけながら手を握っている。彼女は部屋に駆けつけた操を見ると、いつもよりずっときつい目で睨《にら》みつけさっさと部屋を出て行った。

まるで祖父がこんなふうになったのが操のせいだと言わんばかりの態度だった。だが、操のほうこそこの状況に困惑している。普段は静まり返っている屋敷の中がにわかに騒々しくなって、義叔父や笹野があちらこちらへと廊下を行き来している足音が聞こえる。

苦しんでいる祖父の寝床のそばに行った操だが、どうすればいいのかわからない。叔母がしていたように祖父に何度も呼びかけてみる。聞こえているのかどうか怪しいけれど「しっかりして」と叫び、操もまた祖父の手を取ろうとしたときだった。

「うあああ――――っ。お、お、おまえはぁ――――っ」

祖父がいきなりカッと目を見開いたかと思うと、そう叫んで上半身を起こしいきなり操の首に両手を回してきた。まるで何かに取り憑かれたかのような感じで、もはや祖父自身の動きとは思えなかった。それでも、声は祖父のものであり、見開いた目は怯《おび》えとも憎しみともわからないぎらつきとともに操を睨みつけていた。

「うう……っ、お、爺さ……。あぅ……っ」

操は自分の首を絞めている祖父の手をつかみ、なんとかしてそれを引き離そうとする。だが、それは病に伏している老人の力とは思えない強さで、どうやっても解《ほど》くことができない。それどころかどんどん強くなっていく圧迫に、操は目を剝いて口を開き、舌を出して呻《うめ》き声を漏らす。

このままでは殺される。本気でそう思ったけれど、どうしても祖父の手は離れなかった。そのとき部屋に駆け込んできた叔母がその様子を見て悲鳴を上げた。けれど、彼女もこの異様な状況をどうしたらいいのかわからず、自分の口を両手で押さえているばかり。

そのうち、廊下のほうからバタバタと人が駆けてくる足音が聞こえた。その頃には操の意識は朦朧《もうろう》としていて、もはや祖父の手を引き剝《は》がそうとしても力も入らず、目の前にシャッターが下りていくかのようにじょじょに視界が暗転していく。

(このまま死ぬのかな。おかしいな。僕は東京へ行くはずだったんだ。晃司のところへ行くはずだった……)

それなのに、どんどんと意識が遠のいていくのをどうしても止められない。こんなことになるなんて思ってもいなくて、心の中では晃司に連絡しなければとそればかり考えていた。

東京に行きたかった。晃司に会いにいきたかった。新しい人生が開けるはずだったのに、どうしてこんなことになるのだろう。いったい自分が何をしたというのか。母親が死んでからというもの、操の人生は寂しさと悲しさに包まれていた。やっとこの町を出られると思ったのに、その夢も叶わないのだろうか。

恨めしさに操はもはや出ない声を振り絞るように呻いた。部屋の中の騒ぎももう聞こえない。ただ祖父が掠《かす》れた声で唸《うな》る言葉だけが耳に届いてくる。

「この子は駄目だ。この子はどこにもやらん。どこにやってもならない。災いをこれ以上撒いては駄目だ。全部わたしが持っていく。この子はわたしが連れていく……」

どういう意味かわからない。けれど、祖父は執念でもって操をこの町から出すまいとしているということだけはわかった。自分は禍々《まがまが》しい存在ではないと言いたいけれど、祖父の怨《おん》念《ねん》にも似た思いを感じるほどに自分自身がわからなくなる。ただ、晃司と東京で会うと約束したのに、それを果たせなくなることが辛い。

(ごめんね。晃司、ごめん……。僕は東京に行けそうにない……。お爺さんは許してくれなかったよ……)

やがて全身の力が抜けてなにもかもわからなくなる直前、操はそう心の中で呟いた。けれど、それは東京で待っている晃司に伝わることはなかった。すべてはこの町に封印されて、誰も操という災厄を外に連れ出すことはできなかった。

第二章　再会

◆◆

「崎原、おい、崎原。起きろよ。そろそろ申し送りの準備をしろよ」

　ハッとして目を覚ました晃司は、簡易ベッドで上半身を起こすなり深い溜息を漏らす。何か懐かしくて悲しい夢を見ていたようで、自分の髪を乱暴にかき上げてベッドから足を下ろした。

「ひどくうなされていたぞ。昨夜は急患もいなかったんじゃないのか？」

　早朝に出勤してきた先輩の外科医師である園田《そのだ》に言われて思わず苦笑が漏れる。

「いつまでたっても夜勤は慣れませんよ。もし手に負えない患者が救急搬送されてきたらと思うと、仮眠をしていてもビクビクしっぱなしですよ」

　現役で医大に入り国家試験に合格して、現在は都内の病院で研修医として勤めて二年目を終えようとしている。だが、未熟な循環器内科医にとって夜勤に緊張はつきものだった。事故による外科手術を必要とする患者や、深刻な状態の内臓疾患で搬送されてくる患者もいる。

担当医が駆けつけるまで、研修医とはいえ免許を持った医師としてやれることをやらなければならない。

命にかかわるだけに拙《つたな》い知識による救急処置で万一のことがあったらと思えば、やはり夜勤のストレスは相当なものがあった。

昨夜は珍しく急患がやってくることもなく静かな夜だった。おかげで仮眠室で横になれたが、結局は悪夢にうなされてしまうくらいならいっそ起きていればよかったと思った。

「うちの病院にきた研修医の中じゃピカ一の実力だって評判なんだろ。何を甘えたことを言ってんだか」

「とんだ買い被《かぶ》りです。勘弁してくださいよ。そんな噂を鵜呑《うの》みにして、勝手にハードルを上げないでくださいよ」

晃司が言うと、園田は軽く肩を竦めてそんなつもりはないと笑ってみせる。

「ところで、四月からは正式にうちの循環器に勤務するんだろう？　大谷《おおたに》先生は循環器学会では若手でも腕に定評がある。ついていって損はないぞ」

都内でも規模の大きなこの病院に研修医として入ったときには、出身大学による派閥や人脈などに翻弄《ほんろう》されることもあって辟易《へきえき》することも多々あった。晃司にしてみれば研修医として実践経験を積みたいだけだったが、現実はそう単純でもない。それはきっとどんな業界でもそういうものなのだろう。

とりあえず二年は辛抱するしかないと周囲に適当におもねったり、迎合したりもしながらやってきたが、中には園田のようにざっくばらんな性格で気を許せる人間もいた。

「大谷先生について学びたいことはまだまだありますし、園田先生のような人もいるので悪くはないと思うんですけどね。まだ結論は出せずにいます」

「まぁ、崎原は実家が開業医だしな。跡を継ぐという選択もあるからな」

「いや、実家はもう兄貴が継いでいますし、地元にはあまり帰りたくないんでね」

「なんだよ？　地元に何か苦い思い出でもあるのか？　こっぴどくふった女がいるとかか？　だったら、さぞかし帰りにくいだろうな。そもそもおまえは女にどこか冷たいところがある。学生時代からもてまくっていて、理想が高すぎる奴にありがちなタイプだ」

「そんなんじゃないですよ。むしろこっぴどくふられた思い出があって帰りたくないんですよ」

「マジか？　おまえをふる女ってどれほどのもんだよ？　どんな絶世の美女だ？　地元の資産家のお嬢様とかか？」

仮眠室の隣のロッカーで白衣を羽織りながら言う園田に、晃司は思わず苦笑を漏らす。美貌と資産家という意味なら外れてはいない。ただ、相手が女ではなかったというだけのこと。

適当にごまかして日勤の準備のために白衣を羽織る。研修医の勤務は一言で言えば過酷だ。世の中にはブラック企業なんてものがいくらでもあるが、医療の現場というのも現実はそれに近い。どうやって乗り切っていくかは本人の力量次第だ。大学病院での経験を積んで世界的な権威になる医師もいれば、地方の医院で地道に勤務する者もいる。そうでなければ実家が医院を経営していてあとを継ぐ者も少なくない。

晃司の場合、このまま大学病院勤務を希望すれば認められると思うし、海外に研修に出ることも可能だ。あるいは、実家に戻って今では建物を拡張して父親と兄が経営している「崎原クリニック」に医師として加わることもできる。

（でも、それはやめておいたほうがいいかな……）

などとロッカーの鏡を見て思うのは、地元に戻るのが今でも精神的に辛いから。それほどに初恋が無残にも敗れたことが晃司にとっては大きなトラウマとなっているのだ。

馬鹿げていると思っている。初恋などしょせん思い出だ。叶わなくて当然で、健全に成長した人間はいずれ忘れて新しい恋愛関係を構築していくものだ。

東京の大学に進学してから、つき合った女性がいなかったわけでもない。中には心を許して、一生をともにしてもいいかもしれないと思う相手もいた。けれど、駄目だった。結局のところ心は叶わなかったあの恋へと戻っていく。

叶わなかったからよけいにきれいな思い出ばかりが膨らんでしまい、自分を縛っている部分はあるだろう。それはわかっているのに、それでも二十七にもなって諦めがつかないのだ。どんなに割り切ろうとしても、偽れない自分の心があの日の彼のもとへと戻ろうとするのだ。

（いくら考えてももう終わったことで、仕方のないことだ……）

自分自身に言い聞かせた晃司はその日の日勤も無事終えて、ようやく自分のマンションに帰宅する。疲れた足取りでマンションのそばまでくると、エントランスに白い人影が立っているのが見えた。

はかなげな女性に思えたがスカートではなく、短い髪とその横顔でどうやら男性らしいと気がついた。きれいな男性だと思った。マンションの住人ではないので、ここに住んでいる知り合いに会いにきた人だろうか。

不思議なのは、なんとなくそのきれいな横顔に見覚えがあるような気がしたこと。こんな印象的な顔なら忘れることはないはずだ。晃司もすぐに思い出せるだろうと記憶を探ったのだが、なぜかその人の名前が出てこない。それはとても奇妙な感覚だった。

そのときすぐ横の車道を一台のバイクが猛スピードで走っていった。あまり大きな道ではないので、そんなスピードを出しては危険だと思いそちらをチラリと見た。そしてまたマンションの前へ視線を戻したら、さっきまでいたきれいな男性の姿はすでになかった。

（あれ、マンションに入ったのかな？）

もう一目彼を見たら、自分の知っている誰に似ているのか思い出せるかもしれない。そう思って急いで駆けていき、マンションのエントランスに入った。誰かを訪ねてきたのなら、まだインターホンの前にいてもいいはずなのにそこには誰もいなかった。

晃司は急いで暗証番号を押してエントランスドアの中に入ったが、エレベーターホールにも左右の廊下にも男性の後ろ姿はなかった。まるで忽然《こつぜん》と消えたような感じですごく不思議だった。しばし呆然《ぼうぜん》とその場に立っていたが、郵便受けを見るのを忘れていたことを思い出した。

一度エントランスの外に出て郵便受けを確認すると、ＤＭや請求書に混じって一通の手紙が入っていた。丁寧な手書きで宛名《あてな》が書かれている。裏返して差出人をその場で確認したとき、思わず声が漏れた。

「えっ、う、嘘だろ……」

そこにあった名前は「藤村操」。晃司がずっと忘れることのできなかった人の名だ。そして、次の瞬間もう一度顔を上げてマンションのエントランスドアをじっと見つめる。さっき見たあのきれいな男性が誰に似ているか思い出したのだ。

「まさか……」

操だったらすぐに気づくはず。だが、最後に会ったときから十年近くの年月が過ぎている。その間に彼がどんなふうに変わったのか想像もできなくて、さっきの男性が操である可能性がすぐに脳裏に浮かばなかったのだ。

晃司は急いでマンションの中に入り、四階にある自分の部屋の前に向かう。もし操なら自分を訪ねてきたのかもしれない。この手紙はそれを知らせる案内だったかもしれない。昨日

は夜勤で手紙を受け取るのが一日遅れてしまったから、本人が先にやってきてしまったという可能性もある。

（操、操……）

心の中で彼の名前を繰り返し呼びながらエレベーターで四階に上がり、外廊下を飛び出して自分の部屋の前にいく。だが、そこにも誰の姿もない。しんと静まりかえった無人の外廊下が続いているだけだ。晃司はそこでもまたしばし呆然と立ち尽くすしかなかった。

やがて我に返って自分の部屋に入り、リビングの照明をつけるとソファに座り手にしていた手紙の封を切った。

『久しくお会いしていませんが、その後お変わりなくお過ごしでしょうか。今はもうりっぱなお医者様になられて活躍されていることと思います。このたびは突然の手紙に驚かれるかもしれません。わたしのほうもあれから……』

その手紙は少しばかり他人行儀な書き出しだったが、読んでいるうちにその字の癖を思い出す。操は子どもの頃から字がきれいだった。少し右肩上がりだが、なめらかで柔らかい字だ。小学校の頃から何度も一緒に勉強したから、彼の字はよく覚えている。

懐かしいけれど手紙を読み進めているうちに、晃司の胸にはだんだんと不安が押し寄せてくる。彼との別れは晃司にとっては大きなトラウマになっている。手紙の内容によっては、また心にあの苦い痛みを思い出してしまうかもしれない。

だが、目の前にある手紙を伏せてしまうわけにもいかなかった。医者となった晃司のことは誰かから聞いているのだろう。晃司も操があれからどういう状況にあるかは、実家に戻るたびに一応は耳にしていた。

（そういえば、この手紙はどこから書いているんだろう……？）

というのも、晃司が聞いているかぎり操はもうあの藤村の家にはいないのだ。何か事故があって入院し、その後も何度か転院をしたという話だったが、友人知人で彼の居場所を正確に知っている者はいなかった。操があの町にいた頃は主治医であった晃司の父親でさえ何年も前から転院先がわからなくなり、藤村家の人間もあえてそれを口にすることはなかった。

もともと閉鎖的な一族だったので、執拗《しつよう》にたずねることも憚《はばか》られた。そうしているうちに操を探して連絡を取る方法もなくなり、年月だけが虚しく過ぎていったのだ。だからこそ、この手紙が届いたことが意外だった。

封筒の裏に住所は記載されていない。いろいろと疑問はあるものの、晃司は便箋《びんせん》をめくって読み続ける。すると、そこには思いがけないことが書かれていて息を呑む。

『ずっと遠くは母親の死に義叔父の事故、そして祖父の死と父親の失踪《しっそう》など藤村の家に不幸が続き、わたし自身ももはやあまり長く生きられないのではないかと思う今日この頃です。この世に生まれてきたことが間違いだったのかと思うと、ひどく悲しくもなりますが……』

あまりにも悲観的な内容のあと、やがては晃司に対して訴える言葉が並んでいた。操は祖父が亡くなってからというものしばらく近県の某病院で入院生活をしていたけれど、現在はとある療養所で未だに療養生活を続けているという。

『会いたいと思っているんです。このまま一生療養所を出ることもないと思うと、近頃は晃司くんと過ごした日々が懐かしく思い出されます。もう一度だけ晃司くんに会えたら、どんなに幸せなことかと思います』

忙しいことも無理を言っていることも承知していると書かれているが、それでももう一度晃司に会いたいという思いがせつせつと綴《つづ》られている。これはまったく予期せぬ形で晃司の心を動揺させるものだった。

忘れたくても忘れられずにいたのは自分だけかと思っていた。あのとき、東京に出てくることのなかった操に対して、自分が心のどこかで裏切られたような気持ちを抱いてきたのは事実だ。だが十年近くの年月を経て届いた初恋の相手からの突然の手紙には、彼もまた晃司を懐かしむ思いが溢《あふ》れているのだ。

どうしたらいいのだろう。これは何かの啓示のようなものだろうか。自分はもう操とは一生会うこともないと諦めていた。いまさらこの年齢になって彼に会ってどうなるとも思えない。二人の間をわけ隔てた時間はあまりにも長かった。

自分は医者になり歩みはじめた道がある。操も操で療養所にいるとはいえ、藤村家の人間として生きていくしかないのだろう。ただ、気になるのは彼がもはや自分の命も長くないだろうと考えているらしいこと。

もともと虚弱な体質ではあったが、何か命にかかわるような疾病があれから見つかったのだろうか。療養所とあるが、どんなところなのか気になってその名称や場所を調べてみる。

手紙の最後に書かれていた療養所の名前は「白各務《しらかがみ》療養所」。住所は、晃司と操の実家がある町からさらに一時間以上山奥へと入ったところにある。その昔、二人でキャンプに行った山の向こう側の麓《ふもと》のあたりになるだろうか。在来線も通っていないような秘境だ。アクセス方法を調べてみると日に数本のバスが最寄りの小さな村から出ているだけで、車でしか行けないような場所だった。

空気はきれいだろうし、自然に囲まれて美しい場所であろうことは想像できる。だが、きっと人里離れた寂しい場所なのだろう。まだ若い操がそんな場所で幸せに暮らしているとは思えない。彼はずっと昔からあの小さな町を出て、どこか遠いところへ行きたいと言っていた。藤村家のしがらみから解放されたいと願い続けていたのを晃司はよく知っている。

だからこそ、一緒に東京に出て暮らそうと誘ったのだ。だが、その夢は叶わなかった。操はあのときついに東京にやってくることはなかった。医学部に受かった晃司はあれからずっと東京暮らしで、操とは会えないまま忙しい日々に追われて生きてきた。

『会いたいと思っているんです。もう一度だけ晃司くんに会えたら……』

手紙の文字を何度も繰り返し目で追いながら考える。最初は堅苦しい文章で始まった手紙だが、最後にはひたすら「会いたい」と懇願するような文面になっていた。療養所にいる彼は外出許可が得られないようで、晃司に会いにきてほしいということだ。

正直、このときの晃司は迷っていた。どこか曖昧なままに終わってしまった初恋。今にして思えば、普通とはあまりにも違う初恋を自分は経験したのだ。だからこそ、この歳になっても過去を吹っ切ることができず、新しい恋愛や結婚に踏み切ることができないでいる。

そのとき、ハッとして手紙から顔を上げた。そういえばさっきエントランスで見かけた不思議な男は、どこへ消えたんだろう。彼は確かに、操が年齢を重ねた姿を思わせた。

（まさか操が……）

直接この手紙を郵便受けに投入しにきたのかと思った。だが、それはあり得ないと首を横に振る。療養所から出られない彼が、東京まで一人でやってくるはずもない。

それ以前に、あれが現実だったのかどうかも怪しい。すぐに追いかけたのに彼の姿は影も形もなかったのだから。夜勤明けの疲れた頭で見た幻のようなものだったのだろうか。幻だったとして、そんなものを見てしまうほど自分はまだわだかまりを捨て切れていないということか。そう思うと重い溜息が漏れる。そして、手にしていた手紙をあらためてじっと見つめる。

このことにけじめをつけなければ先には進めないというなら、これは約十年ぶりに巡りきた機会なのだろう。だったら向き合うべきだ。晃司は手紙を封筒に戻すとソファに座ったまま天井を仰ぎじっと目を閉じる。

遠い日が脳裏に過《よぎ》るけれど、ところどころ曖昧なのはあとから伝え聞いたことや、自分自身が目を背けてきたことがあるからだ。ならば、今度こそすべてを把握して、自分自身で納得するために真実と向き合おうと思うのだった。

◆◆

四月に入って、いつまでも居座っていた冬がようやく諦めたように去っていった。

桜が一気に咲いて、芽吹きの季節は命の輝きを強く感じさせる。新しい環境に身を置いて緊張の日々を送っている人々もいるだろう。晃司も本来ならこれまで勤務していた都内の総合病院で、正式に循環器の内科医としての勤務を始めていたはずだった。

だが、その誘いは丁重に断わった。理由は実家の医院を手伝うためではない。これを機に自分の人生の清算をしてしまおうと思ったからだ。いつまでも過去を引きずっていてはいけないし、操と再会することで彼と新しい関係を構築できるかもしれないという希望もあった。

（昔のようにはなれないだろうけど、友人になれればそれもいいさ……）

陽光の中を車を走らせながら、晃司はそんなふうに思っていた。操もそんな気持ちがあるからこそあの手紙を書いて寄こしたのだろう。会えない時間が二人の気持ちをゆるやかに変えたのだ。それは受け入れてもいいことだと思う。なぜなら、十年というのは人を変えるには充分すぎる年月だから。

晃司自身も操と別れてからかなり変わったと思う。身長や体重こそ大きく変わっていないが、それでも成長期からすっかり大人の体型になり、医者としての激務にも耐えられる体力や精神力は備わったつもりだ。当然ながら、社会人として、また医者としての良識や責任感も今では強く認識している。過去のいろいろなわだかまりも、今の自分だからこそ正面から乗り越えられると思うのだ。

晃司がこんな気持ちで会いにいくことを操は知らない。晃司を見たとき操はどんな反応をするのだろう。そのことを考えると、少し浮かれるような気持ちとともにいくばくかの不安があった。そして、二十七歳になった操はどんな容貌になっているのかという、単純な好奇心がないと言えば嘘になる。

（高校生になっても、女の子みたいにはかなげできれいだったからなぁ……）

そのとき、また自分のマンションのエントランスで見かけた男性の姿を思い浮かべてしまった。時間が経《た》つほどに、あのときの男性がなんだったのか自分でもわからなくなっていた。

やはり夜勤明けで疲れていたから、幻覚めいたものを見たのかもしれないというのが自分の中の結論だった。

医者だからといって、そういう非科学的な感覚に理解がないわけではない。医者だからこそ、人間という存在が未知の部分を多く秘めている生命体だと考えているのだ。

実際、医療の現場では人の生死にかかわるため「虫の知らせ」などは迷信と笑い飛ばせないことが多々ある。今回の晃司の場合も、操らしい人物を見かけたと思ったら郵便受けに彼からの手紙が入っていたのだ。あれが幻覚だとしたら、操からの「虫の知らせ」のようなものだったのではないか。

ただ、「虫の知らせ」というのは往々にしてよくない知らせの場合に使うけれど、晃司にとっては医者としての今後の進路を考えるタイミングに起こったという点で特別な意味があったと思う。

車は一路信州の深い山郷《やまざと》を目指していた。走っている高速道路を途中で下りれば実家のある町に行ける。だが、今日はまず先に操のいるという療養所に向かった。道路は渋滞していないのでこの調子で行けばお昼過ぎには到着できるだろう。

ナビの案内どおり高速道路を下りてしばらく国道を走り、やがて県道に入っていく。山沿いの対面通行の道を走っていると、分かれ道でナビの案内とそこに出ている標識が合致せずに混乱させられた。そのため、たびたび速度を落として方角や療養所の名前を見落としていないか立て看板などを確認しなければならなかった。

途中何度か道に迷って引き返したりしながらようやく一本の細い山道に出ると、その角に立つ「白各務療養所」と書かれた案内板を見つける。古びて朽ち果てそうになっている木の案内板には簡単な地図と矢印とともに、この先五キロという文字があった。

予定よりはすっかり遅くなってしまったが、時刻はまだ三時過ぎ。この季節だからまだ日は高いのだが、山道には木々が道路を覆うように伸びていて日差しを遮っている。そんなうっそうとした林道を走っていると、つい先日まで自分が都内の病院でめまぐるしい日々を送っていたことが嘘のように思えてくる。

三キロほど進んだところには、案内板の簡単な地図に描かれていたとおりトンネルがあった。入り口に蔦《つた》の絡みついた古いトンネルで、青銅製の板には「蛇骨《じゃこつ》トンネル」という名前が彫られていた。なんだかおどろおどろしい名前だなと苦笑が漏れた。名前もだが、中は照明もなく暗い。道はかろうじて舗装されているが、壁や天井はところどころ岩盤がむき出しで重苦しい雰囲気のあるトンネルだった。

だが、そこを通り抜けると一気に新緑の隙間《すきま》から木漏れ日が降りそそぐ明るい道に出た。そして、数分も走ると小さなバス停の看板が立っていて、木製のベンチがある。その横を通り過ぎるとき一瞬奇妙に思ったのは、ベンチに人が座っていたから。

もちろん、どんな山奥であってもバスが通っているのだから人が住んでいて、バスを待っているのは不思議な光景ではない。だが、目の端でとらえたその人は普通の装いではなかった。病院勤務だったからよく知っているが、あれは入院患者が着ているパジャマではなかったか。振り返る間もなくルームミラーの中の人の姿も遠ざかっていく。

そして目の前に鉄の門扉が見えてきて、その前で車を一度停止させる。レンガの柱に掛けられている看板には、「白各務療養所」という文字があった。

門扉が開いているので、そのまま車を進めると少し開けた場所があり何台かの車や、小型のバスなどが停まっている。すぐ奥には鉄筋の三階建ての建物がある。思ったよりも近代的で外壁も白く輝いていて、そこだけが周囲の景色から少しだけ浮いているような印象だ。

晃司は「外来用」と表記のある場所に車を停めると、その建物に入ってまずは受付を探す。自分が勤めていた病院とは違い、人の気配がほとんどない。少し奥まったところに受付という案内板があってそこへ行くと、ガラス窓で仕切られた奥に白い看護服に紺色のカーディガンを羽織った中年女性がいた。

「恐れ入ります。こちらに入っておられる藤村操さんに面会したいのですが……」

ガラス窓を開いて晃司の用件を聞いた女性は、一瞬自分の耳を疑うような様子で聞き返す。

「えっ、藤村さんですか？」

「ええ。こちらで療養されていると聞いて訪ねてきました」

それでも女性が少し怪訝《けげん》な様子でいるのを見て、晃司は自分の腕時計で時間を確認する。

「もしかして、面会時間はもう終わっていますか?」

「あっ、いえ、そうではないですが、本当に藤村さんの面会の方ですか? 失礼ですが、どういうご関係でしょうか?」

なんだか奇妙な質問だった。病院でも面会にきた者に名前を記載してもらう台帳を用意しているところもあるが、患者との関係を詳しくたずねるようなことはしない。

「古い友人なんですが……」

晃司が言うと、女性はガラス戸の前から席を立って隣のドアを開いて廊下に出てきた。

「ご友人ですか。ごめんなさいね。親族の方から怪しげな人間が訪ねてきたら面会させないようにと言いつかっているものですから」

「怪しげな……ですか?」

今度は晃司のほうが怪訝な表情で聞き返す番だった。すると、女性は自ら先に立って晃司を建物の奥へと案内してくれる。この建物の上の階が病室になっているのかと思ったが、彼女は建物の裏口へ向かうとそこから渡り廊下に出て、すぐ先にある木造の建物を指差した。

「藤村さんの部屋はあそこの入り口から入ってすぐ右側です。午前中はお散歩に出られることもありますけど、この時間ならたいてい部屋にいらっしゃいますよ」

そう言って、彼女は晃司に一礼をして受付に戻ろうとしたので慌てて呼び止める。

「あの、さっき言っていた『怪しげな人間』というのは……?」

「ああ、そのことですか。ご友人なら藤村さんのお宅は大層な資産家なのはご存知でしょう。今はもうご両親も亡くなられて、叔母さま夫婦が家を守っていらっしゃるようですが、財産の相続の件でいろいろとあるようなんです。事情がよく把握できない操さんに権利の譲渡を迫るような人がやってくることがありましてね」

「なるほど。そういうことですか……」

納得したものの、少し気になることもあった。だが、彼女にそれを詳しく聞いたところでどうなるものでもない。それより、今はまず操に会いたかった。

「彼に面会するにあたって、何か注意することはありますか？」

体のことなら医者だからおおよそわかる。だが、精神面のことは外見だけでは測れない。何か触れてはいけないことなどがあれば確認しておいたほうがいいと思ったのだ。

「大丈夫ですよ。近頃は心身ともにとても落ち着いていらっしゃいますからね。ときどき若い頃の記憶が混濁するようですが、それで取り乱すようなこともないと思います。でも、もし何かあればすぐにナースコールを押してください」

受付の女性がそう言って戻っていき、晃司は一人で木造の病室棟に入る。さながら昭和の初め頃の山村にあった分校といった平屋の建物だった。あるいは、古い文学作品に出てくるサナトリウムという雰囲気だ。

ただし、木材はそれほど古くなく、廊下も車いすなどに配慮してきちんとバリアフリーになっている。おそらく心身ともに落ち着いて生活できるようにという配慮で、こういう木造建築にしているのだろう。味気ないコンクリートの建物よりはよほど金もかかっていて、いまどきは贅沢《ぜいたく》な病棟といえる。

教えられたとおり入り口の右側に並ぶ部屋の札を見ていく。三つめの木製のドアの横の柱に「藤村操様」という札がかかっていた。病院では医師や看護師がしょっちゅう出入りするので、スライド式の病室のドアは昼間は開け放たれている。

だが、ここは病院ではなく療養所だからか、部屋のドアはきちんと閉まっていた。晃司はそのドアの前に立って一度大きく深呼吸をする。柄にもなく緊張していた。

（無理もないか。十年ぶりの再会だからな）

身構えても仕方がない。今の自分のままで彼に会うしかない。そう思ってドアをノックした。しばらくして、か細い声で「どうぞ」という声がした。その瞬間、懐かしさのあまりいきなり胸が締めつけられるような気持ちになった。まだ顔さえ見ていない。けれど、声が高校生のときのままだったからだ。

晃司はノブに手をかけてゆっくりとドアを開いた。ふわりと周囲の木々の緑の香りを含んだ風が晃司の顔に当たる。見れば部屋の窓が大きく開け放たれていて、そばのベッドに座って外を見ている後ろ姿がそこにあった。その華奢な背中には確かに見覚えがあった。声と同じで体型もほとんど変わっていないようだ。

「操……」

晃司が彼の名前を呼んだ。すると、わずかな間を置いて彼がゆっくりとこちらを振り返った。白い顔、細い眉、柔らかい茶色の髪の毛が頬にかかり、薄く赤い唇が微《かす》かに震えている。そして、晃司を見た操の目はわずかに見開かれたかと思うと、なぜか金色に光ったような気がした。窓から差し込む光が反射したのだろうか。

「み、操……？」

もしかしたら彼は晃司を認識できていないのかもしれないと思った。彼の病状ははっきりと聞かされていない。ただ、昔は藤村家の主治医であり操のことも診療していた父親から伝え聞いたところによれば、社会生活をするには支障があるくらい心身ともに弱っていて、若干の記憶障害があるという話だった。

「あの、俺だ。晃司だよ。崎原晃司。覚えているかい？　先日、手紙を送ってくれただろう？」

「手紙……」

どこか夢を見ているように操が呟く。あの手紙は本当に操が書いたものなのだろうか。急に不安になったときだった。操の表情がみるみる変わっていくのがわかった。頬が緩み、目尻が優しく下がって柔らかい笑みが浮かぶ。

「晃司く……ん？　本当に晃司くん？」

「ああ、そうだよ。久しぶりだね」

晃司がベッドのそばまで歩みよったときだった。ベッドから立ち上がった操がいきなり晃司の体に抱きついてきたのだ。

「えっ、あ、あの、操……」

「晃司くんだ。晃司くんがきてくれた。嬉しい。嬉しい……」

子どものように無邪気に抱きつかれて、晃司は戸惑いながらも自分の中でなんとも言葉にしがたい懐かしさが込み上げてくるのを感じていた。それは初恋の甘酸っぱい感傷だった。

「み、操……」

「会いたかった。とても会いたかったんだ。ずっと会いたくて胸が苦しかった」

そう言いながら、操は思いがけない強さで晃司に抱きついている。晃司は自分の手をどうすればいいのかわからないまま、ただ彼の体を自分の胸で受けとめているばかり。

そのとき、操が顔を上げて晃司の顔をじっと見つめてくる。晃司はその顔を見てハッとした。あの夜、自分のマンションの前で見た美貌の男性と瓜《うり》二つだったから。

（ま、まさか……）

心の中で呟く。だが、戸惑いは声にはならなかった。なぜなら、自分を見上げていた操が背伸びをしたかと思うと、いきなり自らの唇を晃司の唇に押しつけてきたからだ。一瞬、何が起こっているのかわからなくなっていた。ただ、そんな操を突き離すことはできず、うろたえているだけだ。

もう十代の子どもではない。社会に出て医療現場にいて、厳しい現実や理不尽な世の中にも揉《も》まれてきたつもりだった。だが、このときはまるで高校生の頃の自分に戻ったかのように心が妖《あや》しく騒ぐのを感じていた。

熱くて柔らかい唇の感触は、はっきりと記憶にある。心を乱すその感触に、十年という月日を超えて晃司の心は妖しく震えている。そんなはずはないと思っていても、どうしても抗《あらが》うことができない。

気がつけば晃司の手もまた操の背に回っていて、彼の華奢な体をしっかりと抱き締めていた。なんの違和感もない。それはまるで恋人を抱き締めるかのような自然な手つきで、心もまるであの当時に戻っていくようだった。

どのくらいの間そうしていただろう。我に返った晃司がゆっくりと操の体を引き離す。

「ああ、本当に晃司くんだ。まるで夢を見ているみたい……」

うっとりと呟く操だけはあのときのまま時間が止まっているかのようで、高校生の頃の姿とほとんど変わっていない。長年の療養生活で実年齢よりも老けていたり、疲れた姿を想像していただけに、彼の若々しく以前と変わらない容貌には正直驚かされてしまった。少しばかり頬がほっそりとした感じがしたが、それだけがこの十年の成長の痕跡《こんせき》のように思えた。

そして、認めるのはいささか抵抗があったが、あらためてじっくりとそばで見ても目の前の操は晃司がマンションの前で見たあの男性の姿にとても似ている。

療養所から出ることができない彼が東京にきたわけもないとわかっているだけに、あの幻覚がいよいよ不思議だった。否定はしないにしても、自分がそういう現象を経験したとしたら、なおさらしっかりと正気を保たなければならないと思うのだった。

「僕はね、ここに監禁されているんだ。もうずっとここから出ることができないんだ」

操がいささか不穏なことを言う。入院患者たちが看護師につき添われて日光浴をしている療養所の裏庭を抜け、遊歩道を作って切り開いた森林を散歩しながら、二人はそれぞれの近況を語り合っていた。

監禁という言葉が正しいかどうかわからないが、操がもう何年もここから出ることなく暮らしていることは事実だった。そのあたりの事情も町の噂話や実家の両親から伝え聞いた話ではなく、本人の口からちゃんと理由を聞きたかった。だが、まずは確認したいことがある。

「どうして手紙をくれたんだ？　もちろん、嬉しかった。俺も操とは会ってちゃんと話したいと思っていたから。ただ、突然だったので驚いたんだ」

晃司が言うと、前を歩いていた操がゆっくりと振り返る。はかなげな姿も色が白くきれいな顔も変わらない。思わず自分が高校生の頃に戻り、二人して神社の本殿の裏で会っているのではないかと錯覚してしまいそうになる。

「手紙に書いたとおりだよ。僕はもうここから出ることができないかもしれない。そう思ったら、ずっと昔の楽しかった日のことを思い出したんだ。知っているでしょう？　僕には晃司くん以外に友達はいなかった。僕にとって楽しい記憶は晃司くんと一緒に過ごした時間だけだった」

「俺も操との時間はずっと忘れずにいたよ」

晃司が言うと、操は嬉しそうに微笑んだ。その笑顔を見て、晃司の心はまた強く締めつけられる。とても悲しい笑みだった。晃司の気持ちを信じたいと思っているのに、それが言葉だけの社交辞令ではないかと諦めているのが透けて見えていたからだ。

けれど、嘘を言ったつもりはない。ずっと療養生活を続けてきた彼に同情して言ったわけでもない。晃司は本当に操のことを忘れることができず、年齢を重ねてもどこか曖昧な気持ちを引きずって生きてきたのだ。

「どこから話せばいいんだろうな。あのとき、一緒に東京に出て暮らそうって約束していたことは覚えているのかな？」

叶わなかった夢を口にするのは今でも辛い。だが、自分たちはあの時点まで遡《さかのぼ》って思い出とともに気持ちを整理しなければ前に進めない。療養所の一般患者と違い、操は自分のパジヤマを着て水色のカーディガンを羽織っている。袖《そで》を通さず肩にかけているだけなので、風でひらひらと揺れるのを指先で押さえながら振り返ると、寂しそうな笑みを浮かべて頷いた。

「覚えているよ。本当にあのとき東京に出ることができていたら、今頃はどんな生活をしていたんだろうね。晃司くんと一緒に暮らしていたかな。それとも、僕はやっぱり一人で藤村の家に戻っていただろうか」

「どうだろう。ただ、今言えることは一緒に東京で大学に通えなかったのは残念だったということかな」

晃司もそれ以上のことは何も言えなかった。もう十年近くも前のことだ。すると、操が遊歩道の途中に作られた東屋のベンチに腰かけて、晃司にも座るように促す。晃司も黙って彼の隣に腰を下ろした。

「ごめんね。あのとき東京に行けなくて。僕が裏切ってしまったんだよね」

「あっ、いや、そんなつもりで言ったんじゃないよ。いろいろと事情があったことはあとから聞いたし……」

あのとき、晃司は一人で先に東京に出て兄の部屋に寝泊まりしながら、すでに医学部の受験を終えていた。操が志望している大学の試験日は数日後だったから、ホテルの予約もしてそこで落ち合う予定だった。ところが、操は試験の前日になっても東京にやってくることはなかった。待ち合わせた新幹線の駅のホームにも現れなかったし、予約したホテルにも姿はなかった。

あれほど約束したのにと信じられない気持ちだった。もちろん、晃司は何度も電話をしたしメールも打った。だが、操からいっさいの返事はなかった。あのときは藤村家の者に引き留められ、屋敷を出ることができなかったのだろうと思った。よその家のことだし、難しい事情のある家だとはわかっていても、子どもの行動をそんなふうに制限したり、夢を奪うような真似はあんまりだと思った。

本当はすぐに実家のある町に戻って操に会いたかった。きっと気落ちしているだろう彼をどうやって慰めたらいいのかわからなかったけれど、それでも会って抱き締めてやりたいと思った。けれど、晃司のほうもすぐには帰省できない事情があった。

医大の受験は終わっていたが、結果はどうであれ晃司が東京で暮らすことは決まっていた。合格していれば医大に通うし、落ちていたら都内の予備校に通うことになっていたのだ。その年、兄は医大を卒業して近県の総合病院へ研修医として入ることが決まっていて、晃司は兄が借りていた部屋の賃貸人の名義を変更してそこに住めるよう手続きをした。

本当は操と一緒に暮らす部屋を探すつもりだったが、事情が変わったので東京での晃司の準備もあれこれと予定を変更せざるを得なかった。そうこうしているうちに医大の合格通知が届き、春からの生活の準備を整えながら兄の引っ越しを手伝い、実家に戻ることができたのはようやく一段落ついてからのこと。

大学の講義が始まればしばらくは帰省もできないので、とりあえず数日だけでも実家に戻りたかった。もちろん、両親の顔を直接見て医大合格を報告したかったこともある。だが、何よりも操のことが気になっていたから。やっぱり、東京行きは家の人の許可が出ず地元の大学に行くことにしたのだろうか。だったら、休みのときには戻ってきて会うようにすればいい。そんなふうに自分自身の気持ちを慰めていたが、地元の町に戻ってきて知ったのはまったく予期せぬ話だった。

「あのとき、藤村のお爺さんが亡くなったと聞いたよ。大変だったんだな。そんなときに一緒にいてやれなくて申し訳なく思うよ」

大人になったから言える言葉だった。

藤村の祖父が亡くなったのが操の大学受験日の直前だったと聞いている。東京での受験は藤村家の人たちには内緒にしていた操だから、東京へ出れば祖父の通夜や告別式を放り出していくことになる。さすがにそれはできなかったのだろう。

そこまでは晃司も納得のできる話だった。だが、現実はそれだけではなかった。実家に戻り操にメールを入れても電話を入れても連絡がつかない。それどころか、携帯電話の電源も入っていない。仕方なく藤村の家に直接訪ねていこうと思ったとき、母親から思いがけないことを聞かされた。

操の祖父が亡くなった日、操自身も何らかの理由で倒れて隣町の総合病院に入院したままなのだというのだ。驚いた晃司は急いで見舞いに駆けつけた。いろいろと心労が重なって、もともと体が丈夫ではない操も体調を崩したのだと思った。

ところが、病院に行ってみると操はまだ意識が戻らず面会できないと言われた。意識がないという意味がわからなかった。担当の看護師の人にたずねても、何か事故があったというような話しか教えてもらえない。晃司は親族でもないし、病院には守秘義務もあるからそれは仕方のないことだった。

操の身に何があったのか。晃司の両親も町の誰も確かなことは知らなかった。閉鎖的な藤村家で唯一叔母夫婦が商売上で町の人たちとの繋がりはあったが、彼らも藤村家の中のことはあまり外に漏らすことはなかった。そのため、晃司は操に何があったのか知ることもできないまま、大学生活が始まる前に東京に戻らなければならなかった。

あのときのなんとも釈然としない思いは今でも心にわだかまっている。意識不明になるほどに重篤な状態だったのだから、受験のために上京することは不可能だったことは理解できる。ただ、未だにあのとき操の身に何があったのかが謎なのだ。そして、もちろんそれを知りたいという気持ちはあった。

並んでベンチに腰かけていた晃司は、操の横顔を見てから意を決したように口を開いた。

「もし操がいやでなければ、あのとき何があったのか教えてもらえないだろうか？　何日も意識を取り戻さないほどの大きな事故があったんだろう？　いったい何が……」

たずねた晃司に操はわずかに小首を傾《かし》げて聞く。

「晃司くん、本当に知りたい？」

「あの、昔みたいに呼び捨てでいいよ。もう『くん』付けの歳でもないしね」

そう断わってから、何があったのか知りたいともう一度伝えた。すると、操はちょっと困った顔になってから、自分の膝《ひざ》の上で両手を重ねる。

「あのね、祖父が亡くなったでしょう。あれね、多分僕が殺してしまったんだと思う」

「えっ？　な、何を言って……」

にわかに信じられないことをさらりと口にする操に、晃司は思わず言葉を失った。だが、操は淡々とした口調で言葉を続ける。

「僕は『憑きもの筋』の人間でそんなふうに人に害を成す存在だから、祖父は僕を外に出してはいけないと思っていたんじゃないかな。あのときも最後の力を振り絞って、東京へ行こうとする僕を藤村の家に閉じ込めておこうとしたんだと思う」

それは衝撃的な告白だった。だが、どこかがおかしい。話の筋が通っているようで、どこかに矛盾があるような気もする。隣に座る操の顔を凝視すると、彼は微かに頰を緩めていた。

「結果的には藤村の家を出たけれど、それでも僕はまだどこへも行くことができない。僕はずっとここで監禁されているんだ。だから、このまま死んでしまう前に晃司に会いたかった……」

「操……」

言葉を失ったのはどのくらいの間だっただろう。背後の森からは野鳥の声が響いている。吹く風はさわやかで、木漏れ日はキラキラと輝いて美しい。ただ、二人の座るベンチの周囲だけは何か禍々しい空気が漂っているようだった。

◆◆

「藤村さんねぇ。確か息子さんが晃司と同じ歳だったわよね。あなた、子どもの頃は仲良くしていなかった？　うちにも何度か遊びにきていたわよね？　ずっと療養所に入っているって話だけど」

すでに操の見舞いに行っていることはあえて言わずに、さりげなく母親に藤村家のことをたずねたら、なんともはっきりしない返事だった。もともと世間の噂話にはあまり興味のない人なのだ。なので、晃司が操と高校生になっても特別な関係を続けていたことも知らない。あくまでも子どもの頃に仲良くしていた友人程度にしか思っていないのだ。

それよりも久しぶりに帰ってきた息子の顔を見て、研修医の激務で少しばかりやつれていることを心配してはりきって食事を作ってくれている。父親もいっそこのまま地元に戻ってきて、兄と一緒に崎原クリニックを手伝ってくれれば助かると言う。いくつになっても親はありがたいものだ。

本当ならそれほど長居をするつもりはなく早々に東京に戻るつもりでいたが、操に会いに行ってから少しばかり事情が変わってしまった。どうやらいろいろと解明しなければならないことがあるようだった。

「叔母さん夫婦が藤村の資産管理をしているって話を聞いたけど、操の父親はどうしているんだろう。ずっと隣町のマンションで暮らしていたみたいだけど」

「あら、知らなかった？　失踪したんですってよ。藤村のお爺さんが亡くなって、告別式が終わったあとに勤めていた会社も辞めてそれっきりですって。お父さんといい息子さんといい、なんだか本当に難しい家みたいね。わたしたちのようなよそ者には何年住んでもよくわからないわ」

いくら水を向けたところで、母親が知っているのはそれくらいだった。だが、それでも新しく得られた情報はあった。操の父親は自分の父親の告別式のあとに行方をくらませてしまったということ。療養所の受付の女性から操の両親がすでに他界していると聞いて奇妙に思ったのだが、どうやら失踪して十年近くなるのですでに死亡したということになっているのだろう。

実家に戻ってから藤村の屋敷の様子を見にいったけれど、今では近所の子どもたちに幽霊屋敷と呼ばれていた。以前は離れに住んでいた叔母夫婦も今では藤村の家が所有しているマンションの一室に移り住んでいるという。無人の家屋だが壊して土地だけにすると税金が高くつくので、そのままにしてときおり屋敷の管理にきているらしい。

「ところで、今夜は晩ご飯はいらないのね？」

母親がキッチンで冷蔵庫の中を確認しながら晃司にたずねる。そろそろ夕食の準備に取りかかろうとしているのだろう。

「ああ、俺が戻ってきているって聞いた連中が急遽《きゅうきょ》同窓会を開くっていうから、飲みながら適当に食べると思うし晩ご飯はいいよ」

昨日、藤村の家を見がてら町をぶらついていたら、中学のときの同級生にばったり会った。研修医を終えて次の勤務に入るまで少し休暇を取って帰省していると話すと、町に残っている連中を集めるので飲もうという話になったのだ。

懐かしさもあったが、それ以上に藤村の家のことについて何か聞き出せたらいいと思ったのだ。高校時代の友人は隣町の者が多いが、中学時代の友人はほとんどがこの町の出身で現在もこの近辺で暮らしているので、きっと何か知っているはずだ。

操にはあれからもう一度会いにいってきた。最初に会いにいったとき、帰り際に両手を握ってもう一度会いにきてほしいと懇願されたからじゃない。晃司がもう一度会いたかったたから。

（こういうのも、焼けぼっくいに火がついたっていうのかな……）

内心苦笑が漏れる。手紙をもらったときは驚きとともに困惑もあった。会いにいってもきっと昔のように気持ちを寄り添わせることなど無理だと思っていた。十年の月日はきっと二人を大きく変えてしまっただろうから。

けれど、会えば懐かしさも募り、二人でベンチに座って話していると一気に気持ちが高校時代に戻ってしまった。何よりもいきなり抱きついてきた彼の細さとはかなさと、重なってきた唇の感触に晃司の心は妖しく乱されていた。

療養所の担当医は晃司もまた同業であることを知り、医師の守秘義務に抵触しない範囲で操の病状を教えてくれた。操が地元の某総合病院から何回か転院を重ね、現在の療養所に入ってから八年くらいになるらしい。社会生活が困難というほどの疾病があるわけではない。ただ、虚弱で、過去に脳に損傷を受けたことがあり記憶の混濁が見られるということだった。そして、その記憶を突きつめようとすると軽いパニック障害を起こすこともあるらしい。

記憶の混濁が見られるのは、彼の祖父が亡くなった前後のことと推察できる。そのときに操もなんらかの事故に巻き込まれて、意識不明の状態に陥っていたのだから。

また、受付の女性が最近は気持ちも落ち着いているといっていたように、近頃は本人の体調もいいようだが、親族が操を療養所から出したくないらしく退院の手続きを取ろうとしないうことだった。親族といえば、叔母夫婦ということになるだろう。

どうしてなのかと操の叔母夫婦にたずねるわけにもいかない。いくら晃司が操のことを案じていても、しょせん他人でしかないのだからどうすることもできない。けれど、操が言っていたように、あのままでは人里離れた療養所に監禁されているも同然の生活だ。

できることならあんな生活から解放してやりたいと思う。彼を縛っていた祖父や愛情をそそぐことのなかった父親がいなくなった今、操はもっと自由になってもいいはずだ。それにはまず彼の身の回りのことについてもっと知らなければならない。そのためにも同窓会はいい機会だと思っていた。

夕刻に指定の洋風居酒屋に顔を出すと、二十数名がすでに集まって賑やかにやっていた。クラスは三十五名だったから、急遽声をかけたにしてはなかなかの出席率だ。

「晃司が帰ってきているっていったら、アッと言う間に集まった。女どもは医者の妻の地位を狙《ねら》っている連中だから注意しろよ。喰《く》ったつもりが喰われたなんてことになるからな」

同窓会の幹事役を買って出てくれたのは、中学のときからやたら統率力のある酒屋の息子の植木《うえき》だった。植木は晃司を席に案内する前にそんなことを耳打ちしてくる。もう少し酔っているらしい。それでも、久しぶりに会えば誰もが懐かしい。

「晃司くん、すっかり東京の人だね。でも、もともと東京からきたんだから、やっぱり都会の人だよね」

「研修医も終わったんだろう？　昔から優秀だったけど、現役ってのはすごいよな」

「こっちに帰ってくるの？　崎原クリニックを継ぐの？」

席に座って乾杯をするなり、あれこれと質問が飛んでくる。適当に答えながら、みんなの近況を聞き、同窓会の場は和気あいあいとしたものになりそれなりに楽しかった。母親の言うように古い因習もあるが、東京とは違う人と人の関わりには温かさもあって、けっして悪い町だとは思わない。

酒が進んで二次会のため別の店に場を移すと、そこでは仲のいい者同士が席を寄せ合って話すようになっていた。晃司の周囲には植木の他、当時のクラスでは目立っていた連中が五、六人で集まってグラスを片手に話している。

「ところで、誰か藤村の家のことを知らないかな？」

いい具合に酔っている連中に晃司は頃合いを見てそうたずねた。途端にその場にいた連中の表情が強張《こわば》る。そして、野暮な話で酔いをさまされたかのように視線を逸《そ》らしたり溜息を漏らしたりする者もいた。そんな中、クラスの委員長だった葛原《くずはら》という女性が晃司に向かって微妙な笑みを浮かべて言った。

「そういえば晃司くんって、藤村くんのことよく面倒見ていたわよね」

「いや、面倒を見るっていうか、帰り道が同じ方角だったからたまに一緒に帰ったりしていたくらいかな」

あの頃は二人が一緒に遊んでいることは周囲に内緒にしていたので、この歳になってもついそんなふうにごまかしてしまう。だが、彼女は二人の仲がよかったことに気づいていたように小さく肩を竦めてみせる。

「藤村くんの家、いろいろあってね。彼は今どこかの療養所にいるらしいわ」

それは晃司も知っている。だが、今初めて聞いたような素振りで驚いてみせた。もともとはよそ者の晃司が相変わらず何もわかっていないと思ったのか、そのうち周囲の連中も少しずつ自分の知っていることを語り出した。

酒の席だったのがよかったのかもしれない。重かった口も一度回り出すと止まることなく、晃司の知らなかった話を次から次へと教えてくれた。

「藤村のところの爺さんが亡くなったときが、あの家の限界だったんだろうな」

「やっぱり、例の噂ってのはまんざら嘘じゃなかったみたい。でなければ、あんなふうに不幸が度重なるなんてことはあり得ないわよ」

「確かに、まるで絵に描いたような没落っぷりだったもんな。といっても、今もかなりの資産を持っているのは間違いないけどな」

中学時代とは違い、噂話も金銭絡みでなかなか生々しい。だが、それだけに彼らの言葉には多くの意味があることもわかる。晃司は自分も酔ったふりをしながら、さらに探りを入れていく。

「不幸といっても、お爺さんが亡くなって、お父さんが失踪したってことだろう？　それくらいなら世間で聞かない話ではないと思うけど」

軽く水を向けてみたら、とんでもないとばかりに周りにいた連中が次々に過去の藤村の不幸を語り出した。

「晃司くんは知らないだけよ。もっと前からあの家は変なんだから」

委員長だった葛原はちょっと眉間《みけん》に皺《しわ》を寄せて言う。彼女の話によると、そもそも操の母親の死を機に、彼の義叔父が交通事故に遭ったり、父親の愛人が発覚したり、いろいろとあったらしい。そういえば、操の義叔父は事故の後遺症で片足を引きずっていた。だが、初耳のこともあった。

「父親の愛人？　何、それ。そんな人いたのか？」

それは葛原にかぎらずその場の全員が知っていることだった。操の父親には結婚を約束した女性がいたが、藤村の家が傾いてきたためどうしても「憑きもの筋」である操の母親を妻に迎えざるを得なかったのだという。

「でも、奥さんは体が弱かったから操くんを産んで八年ばかりで亡くなっちゃったでしょう。その後、一年くらいしてその女性と再婚しようとしていたのよ」

要するに、結婚して操という子どもが生まれても、その女性との関係は切れていなかったということだ。操の母親がさぞかし悔しく無念な思いで亡くなったのではないかということは、その話だけでも充分に想像ができた。

「じゃ、ずっと隣町のマンションに暮らしていると聞いていたけど、そこで実質的には夫婦として暮らしていたってことか……」

実の父親のそういう所業は操にとっては酷な話だが、この歳になってみればそれほど感情的になることもない。だが、結局のところ操の父親の再婚は叶わなかった。てっきり厳格だった操の祖父が反対したのかと思ったが、その場の全員がいっせいに手と首をそれぞれ横に振る。どうやらそんな単純な話ではなかったらしい。というのも、操の母親が亡くなり晴れて愛人だった女性と所帯を持とうとした途端、その女性が変死したというのだ。

「嘘だろう？」

それは晃司がこの町に引っ越してくる前の話だから、知らなくても仕方のないことかもしれない。だが、当時は町でちょっとした騒ぎになっていたという。操の母親の一周忌にその女性を藤村の屋敷に連れてきたところ、彼女はその三日後に隣町の自分の部屋で変死体になって発見されたのだ。

「操の父親の犯行じゃないかと疑われたんだけど、再婚予定の女性を殺害する理由もないし、そもそも父親には完璧なアリバイがあった。海外出張中だったんだ。どうやっても犯行は無理だ。それにあれは奇妙な死に方だったんだ」

植木が急に言葉を濁したかと思うと、グラスのビールをぐっと飲み干す。

「どういうことだ？　ちなみに、その人の死因は？」

それは医師としても気になるところだ。たとえばアリバイがあっても、薬殺とか方法によっては時間差で殺害することは不可能ではない。ところが、それは絶対に無理だった。その女性は何か紐状《ひもじょう》のもので首を絞められ窒息死していたのだ。ただし、凶器は発見されなかったばかりか首に残っていた扼殺痕《やくさつこん》が奇妙なものだったという。

「手とか紐のようなものなら、ちゃんとそれとわかる痕が残るらしい。けれど、彼女の首に残っていたのはそういうものじゃなかったって話だ。何か柔らかいチューブ状のもので、そばには白い鱗《うろこ》のようなものが落ちていたってさ」

すでに定年退職しているが、当時伯父が警察関係者だった植木がオフレコで聞いた話を口にすると、周囲の誰もが一瞬酔いも忘れて不気味そうに表情を曇らせている。

「どういうことだ？」

晃司だけがわけがわからず首を捻りながらたずねる。すると、植木が言い難そうにその言葉を口にした。

「だから、『憑きもの筋』ってことだよ」

ピクリと晃司のこめかみが動いた。その話は操本人から聞いていた。だが、これまで一度も本気で信じたことはなかった。

「おいおい、今どき本気で言ってるのか？　そんなもの迷信だろう。なんの根拠もない話だと……」

「だったら、俺らも操をあれほど避けたりしなかったけどな」

植木が酔いを思い出したようにとろんとした目つきになり苦笑交じりに言ったので、その場の空気がどこか淀《よど》んだ感じになった。他の連中も視線を伏せていたりするので、誰もが操に対して何か思うことがあったということらしい。それも単なる虐められっ子というだけではない。何かもっと不穏なものを感じていたから、誰もが彼と距離を置いていたというのだ。

「藤村くんと話したり一緒に遊んだりして、そのあとに怪我をしたり事故に遭ったりすることが実際よくあったのよね」

「まさか。そんな馬鹿なことが……」

「いや、本当だ。あいつ勉強はできたけど、体は弱いし人見知りだっただろ。子ども同士でもついからかったりしたくなるさ。まぁ、冗談の範囲でのことだけどな。ところが、なぜかあいつをからかったり虐めたりした奴は、きまって階段で転んだり遊具から落ちたりするんだよな」

それくらいならまだしも、ときには乱暴に突き飛ばして操に怪我をさせた者が交通事故に遭って入院することもあったという。

「偶然といえばそうかもしれない。けれど、なんとなく不気味でさ。だんだん誰もあいつと遊ばなくなったんだ。だから、晃司が転校してきていきなりあいつにハイタッチとかしてんのを見て、ものすごく驚いたんだぞ」

転校してきた日のことは今でもよく覚えている。だが、同級生の話を聞いても晃司はどうしても納得できずにいる。と同時に、操が子どもの頃に言っていた言葉を思い出す。

『憑きもの筋の人間は、その家をお金持ちにしてくれるらしい。でも、それだけじゃなくて特別な力もあって、周りの人を不幸にしたりもするんだって』

けれど、操は自分にそんな力はないと言っていた。ただ、ここでもう一つ気になる操の言葉を思い出していた。

『動物の妖怪みたいなのらしい。母さんは白蛇だったって』

操の父親の愛人の死に何か繋がりを感じさせる言葉で、さすがに晃司も酔いながらもゾッと背筋を震わせた。

久しぶりの同窓会は楽しかったけれど、それ以上にいろいろと衝撃的な話を聞いてしまった。操に関する情報を集めようと思っていたのは事実だが、それは彼を療養所から出してやりたい一心からだった。だが、周囲の人間から話を聞くほどに不穏な気持ちになるばかりなのだ。

(いったい、どういうことなんだ……?)

この町で生まれ育ったわけではないから知らなかったことも多い。だが、子どもの頃から高校に上がるまで、自分の青春はこの町の友人たちと過ごした日々と同じだけ操との時間があった。あの当時、晃司は他の友人と操とのつき合いを完全に切り離していた。双方がかかわりを望んでいないと知っていたからそうしていたのだ。だが、そのせいで自分は操という人間について、客観的に見ることができないでいたのかもしれない。

もちろん、「憑きもの筋」だの「白蛇」だのという迷信を真に受けるつもりはない。非科学的なものをすべて否定はしない主義だが、そこまではさすがに簡単に受け入れるわけにはいかないだろう。恨みや呪《のろ》いで人に危害を加えたり、まして死に至らしめたりできるわけもない。そんな特殊な能力を持った人間がいると認めるわけにはいかない。操がいくら人と違っている部分があったとしても、それを超常現象的なものと考えようとは思わないのだ。ただ、信仰が人の気持ちを勇気づけるように、信じる力は人の感情や行動に影響を与えるのは事実だ。迷信であっても長く信じ続けることで、現実だと錯覚してしまうことはある。町全体が因習や迷信に百年以上も縛られてきたから、それが人々の気持ちの中では現実になっているのかもしれない。

そのとき、晃司はあらためて大学受験を機に操がこの町を出ることができていたらと思った。操はきっとこの町にいるべきでなかったのだ。彼の父親が藤村の家を捨てたように、操もまたこの町ではない場所なら心安らかに生きていけたように思う。

やっぱり操を助けてやりたい。この町を出たものの、あの療養所でたった一人生きていかなければならないなんてあまりにも寂しすぎる。晃司の心はどうしても操から離れることはできそうになかった。

「また会いにきてくれたんだね。嬉しい。とても嬉しい」

実家に戻って二週間。この療養所を訪ねるのはこれで五度目になる。これほど頻繁に訪ねてくる者はいないようで、療養所の看護師の間でもすっかり顔が知られてしまった。晃司を見ればすぐに操の居場所を教えてくれて、ちょっとした世間話も交わすようになっている。

最初は車のナビを見ながらも何度も迷った道ももうすっかり覚えてしまった。最後の分かれ道を林道に入って例のトンネルを通り抜けたところにバス停がある。その先の療養所は、いつきてもひっそりとした雰囲気の中で佇《たたず》んでいる。

不思議なことにこれまで五度ここへやってきたが、いつもあのバス停の待合のベンチには一人の患者がパジャマ姿で座っていた。受付の人に聞いてみると、親族が会いにくると思ってなあのベンチでバスを待っているのだそうだ。もちろん、親族がくることはなく午後三時の最後のバスが折り返していくと、一人病棟へ帰っていくらしい。なんだか物悲しい話だった。

そんな世間から忘れ去られたような療養所だから、晃司のようにたびたび面会にやってくる者はいない。操もここに入ってからは叔母が事務手続きなどで数度訪れたきりで、そのときでさえ操と会っていこうとはしなかったらしい。

「新しい本を持ってきたよ。読みたいって言っていた作家の最新作だ。他にも面白そうな短編集を何冊か見繕ってきた。それから旅行雑誌もね」

療養所では患者が希望すれば個人のパソコンやタブレットを持ち込むことも許可している。操も自分のタブレットを持っていて、電子書籍をずいぶん読んでいるようだが電子化されていないもので読みたいものがあるというので晃司が買ってくるようにしていた。

「ありがとう。これ、とても読みたかった。それに旅行雑誌なんて久しぶりに見るよ。どうせどこにも行けやしないけど、眺めるだけでも楽しいから」

少し寂しそうな目をして言うと、雑誌のページをめくって異国の青いビーチの写真を見て微笑んでいる。

「顔色はいいね。でも、相変わらず痩《や》せっぽちだ。食欲は？　ちゃんと食べている？」

「近頃は晃司がきてくれるから、一生懸命食べるようにしている。裏の遊歩道を一緒に歩きたいから」

遊歩道の散歩も最初はすぐに東屋で休んで、また歩いて休んでの繰り返しだった。だが、最近は少し長い距離を歩いても平気になってきたようだ。

「でも、夏は苦手。暑いとあまり食べられなくなるんだ」

そろそろ暑さを感じる日もあるが、ここは山の中なので町中よりはずっと湿度は低く涼しい。それでも操は肌が白くて強い日差しは苦手なので、夏は神社の裏の日陰で会っているときもちょっと息苦しそうにしていた。

「今日は暖かいから、本以外にもちょっと懐かしいものを持ってきたんだ」

そう言うと、晃司は母親から借りた小さな保冷バッグからアイスキャンディーを取り出して見せる。すると、操の顔がパッと明るくなった。

「これって、神社の裏でよく半分こにしていたアイスだね」

「でも、もう大人だからちゃんと一つずつだ」

袋を受け取ると操は子どものように喜んで、棒をつまんでアイスキャンディーを取り出す。赤い唇を開いてそれを一口食べると、冷たさに小さく首を竦めてみせる。二十七歳になる男だとわかっていても、その姿はどういうわけか愛らしい。少年のようでもあり少女のようでもあり、透けるような肌と赤い唇のコントラストに視線が釘付けになる。

きれいなアーモンド型の目に細い鼻梁《びりょう》、柔らかく頬にかかる髪がやっぱり晃司の心をくすぐる。引っ越してきてあの町で初めて操に会ったときから、子どもながらにすでに心を奪われていたような気がする。

「おいしいね。それに懐かしい味がする。もうこんなアイスなんて食べられないと思っていたよ」

操は特に食事制限や治療食の必要がないので、ときにはデザートとしてアイスクリームが出ることもあるらしい。だが、こういう安っぽいソーダ味のアイスキャンディーは面会客の土産《みやげ》でしか食べられないだろう。

食べ終えて残った棒を捨てに立ち上がった操は部屋のごみ箱にそれを放り込むと、風通しのために少し開いていたドアをピタリと閉じた。

「寒い？　じゃ、今日は散歩はよしておこうか？」

冷たいアイスキャンディーで体が冷えたのかもしれないと思った。すると、操はにっこり笑って両手で晃司の手を握ってくる。

「うん、少し冷えてしまったかも。ねぇ、温めてくれる。ぎゅって握って。昔みたいに……」

そう言いながら晃司をベッドへと招き寄せる。二人してベッドに並んで座り、手を握り合っている。そうしているうちに自然と唇が重なった。ひんやりとした操の唇からは甘いソーダの味がした。

「看護師さんはこないのか？」

「大丈夫。決まった時間に検温と見回りにくるだけ。午後は食事の時間まで誰もこないよ」

「操……」

名前を呼んで抱き締めると彼は小さな吐息を漏らし、細い両手でしっかりと首に縋《すが》りついてくる。

「どうしよう。たった一度だけ晃司に会えればそれでいいと思って手紙を出しただけなのに。もう一度だけ会えたら全部諦めようと思っていたのに、僕はどんどん欲張りになってしまう。今度はいつきてくれるだろうって、そればかり考えているんだ」

「操、俺だって何度でも会いたいよ。どうして今までちゃんと探そうとしなかったんだろうって後悔している。手紙をもらわなければこのままずっと会えずにいたのかと思うと、操が手紙を書いてくれて本当によかったと思う」

可哀想な身の上の操に同情している。でも、それだけじゃない。本当に彼に再会してからというもの、晃司はどれほど自分の気持ちをごまかして生きてきたかを思い知った。

ときには女性と関係を持ったときもあった。けれど、なぜか気持ちは燃え上がらなかった。中には結婚を意識していた女性もいたが、どうしてもその決心ができず自然と距離を置いてしまった。医大生のときも研修医のときも忙しさにかまけて過去を忘れたふりをしてきたけれど、やはり自分は操が好きなのだ。初恋の彼という存在が愛《いと》しくて仕方がないのだ。

「ごめんね。本当はお医者様になって忙しいんだよね。いつ東京に戻るの？」

「いや、もうしばらくこちらにいようかと思っているんだ」

そう言ってから、研修医としての勤務を終えて一度帰省して進路を考えていることを説明した。そのきっかけが操の手紙だったのだが、それを言うと彼が気にするといけないと思い黙っておいた。

「そうなの。じゃ、もう少しは町にいるの？　だったら、もう何度か会えるのかな？」

操は嬉しそうにたずねる。その表情がなんともせつなくて、晃司は彼を抱き締めたままベッドに倒れ込んだ。療養所とはいえ病棟のベッドの上で体を重ねているのはいささか不謹慎だと思う。けれど、操は軽い記憶障害と虚弱というだけで、社会生活ができないほどの疾患を持っているわけではないのだ。

「操、ここを出たいんだよな？」

「うん。でも、きっと無理だよ。藤村の家もあんなふうになってしまったから、僕には帰る場所がない。もうここにいるしかないんだ」

「そんなことはないさ。家のことは叔母さん夫婦が管理してくれているんだろう。もう厳しいお爺さんもいない。お父さんもいなくなったって聞いたよ。だったら、操はもうあの家に帰る必要はない。その気になれば、自由にどこへでも行けるんじゃないのか？」

そう言いながら晃司は操の着ているパジャマの前を開き、白い体をゆっくりと撫《な》でてはそこに唇を寄せた。ゆらりと揺らいだ体は美しすぎて、この世のものではない何か妖しげな生き物のようだった。

「駄目だよ。僕は災いをもたらすから。だから、叔母さん夫婦は僕をここに閉じ込めておく

ことにしたんだ。僕だって、誰かを傷つけるくらいならここでおとなしくしているほうがいいと思う」

子どもの頃の操はどこか遠いところへ行ってみたいといつも言っていた。大学受験を機に一緒に東京に出ようと誘ったときは、まるで夢を見るような表情を浮かべていたことを覚えている。厳しい祖父に逆らい、父親や叔母夫婦にも打ち明けないまま晃司と一緒に東京の大学へ行くと一度は決意したはずなのに、今の彼はもうすっかりすべてを諦めている。

十年もこんな生活を送っていれば気力が萎《な》えてしまっても無理はない。だが、まだ二十七歳だ。人生をやり直すのにけっして遅い年齢ではないはずだ。

「操、聞きたいことがあるんだ」

「何？」

操の股間をパジャマのズボン越しにそっと握り、晃司は彼の首筋に口づける。操は小さな呻き声を上げて、甘い吐息を漏らす。

「何が聞きたいの？」

操が小首を傾げて晃司にたずねる。聞きたいことはいろいろとある。久しぶりに町に戻って同級生と話してみれば、操について自分が知らないことがたくさんあった。それらを一つ一つ本当なのかと彼に確認しても仕方がないだろうし、そんなはずはないと思っている。

ただ、彼をこの療養所から出すためにははっきりさせておかなければならないことがある。

それは彼の祖父の死に関すること。操に人を不幸にしたり、死に至らしめたりする特殊な能力があるとは思わないが、祖父の死については自分が殺したと言葉にした。その真意が知りたかった。単なる比喩《ひゆ》なのか、あるいは本当にそんな事実があったのかということだ。

「お爺さんはどうして亡くなったんだい？」

晃司の問いに操の体が一瞬ピクリと緊張したのがわかった。だが、そんな体をしっかりと抱き締めたまま、彼の伸びた前髪をそっと撫で上げてさらにたずねる。

「前に話していたこと、本当なのか？　操が殺したという話だ」

視線を伏せた操の長い睫毛《まつげ》が震えている。思い出したくないことなのはわかる。記憶の混濁というのも、おそらくこのあたりのことだろう。操の担当医からは普通の会話なら何を話しても問題はないと言われているが、これはかなりデリケートな部分だ。場合によっては操が混乱して取り乱す可能性もあった。

だが、祖父を殺したのは自分だと語ったときの彼は比較的落ち着いていた。ある程度気持ちの整理もできているはずだ。だったら、一度きちんとその問題に向き合う必要があるだろう。晃司は自分の責任において、操からそのことをちゃんと聞き出そうと思っていた。

さっきまで硬くなりかけていた彼の股間から力が失われていく。中途半端な状態にしてしまったのは申し訳なかったが、さすがにここで最後までするのは問題がある。一度開いた操のパジャマをきちんと元通りにしてやって彼をベッドに腰かけさせると、晃司は横に置かれた椅子に座って彼と向き合う。

「俺はね、操をここから連れ出したいと思っている。そのためにも何が操の心と体を縛っているのかを知りたいんだ。そして、それから解放する手助けをしたい」

「晃司……」

晃司はあらためて手を伸ばして操の両手をしっかりと握る。

「いつまでもこんなところにいたら駄目だ。操はちゃんと外の世界で生きていけるはず。自分の行きたいところへどこへでも行けるんだから」

ただの慰めやこの場かぎりの励ましではない。本気でそう思っている。そして、そのために自分ができることがあるなら本当になんでもしてやりたいと思っていた。晃司にとっても研修医を終えてこれからの進路を決める大事な時期ではあるけれど、操のために時間を割くことを無駄だとは思えない。操をこのままの状態でここに残していくと、自分は後悔とやり残した思いに引きずられて前に進めなくなってしまうだろう。

「僕は……、でも、僕は……」

「操自身が気持ちをしっかり持つことだ。迷信なんかに惑わされていたら駄目だ。現実だけを見つめるんだ。そのためにもちゃんと思い出そう。お爺さんの死んだあの日からのことを」

「お爺さんが死んだ日のこと……」

「そうだ。本当は東京に行くつもりだったんだろう？　俺と一緒に大学に通って、一緒に暮らそうって約束していた。けれど、操はどうしても東京に行くことはできなくなった」

「それは、お爺さんが死んでしまったから……」

「そうだ。でも、操が殺したわけじゃないだろ。操にそんなことができるわけがないじゃないか。そんなことをする理由もない」

晃司はゆっくりと諭すように言った。操はその言葉を聞きながら視線をさまよわせている。

遠い記憶を探っているようだった。何かを思い出そうとして、記憶の引き出しを一つ一つ開けているのだろう。

「わからない。でも、お爺さんのことは好きじゃなかった。いつも僕を穢《けが》れたもののように見ていた。僕を藤村から出してはいけないって言っていた」

「確かに厳しい人だったかもしれないが、殺したいほど憎んでいたわけじゃないはずだ」

晃司の言葉に操が頷くのをじっと待っていた。だが、なぜか操は一度晃司と合わせた視線を逸らし、口元を微かに緩める。

（え……っ？）

微笑んでいるとわかって、にわかに緊張が背筋を駆け上がるのを感じていた。

「憎んでいたのかもしれない。ずっと殺したいほどに……」

「み、操……」

もしかして、本当に彼が祖父を殺したというのだろうか。彼が封印した記憶の中には、祖父を死に至らしめたという事実があるというのだろうか。ずっと迷信だと思っていたことがそうではなかったとしたら、どうしたらいいのだろう。困惑する晃司の目の前で、操が笑みを消したかと思うと小刻みに震えながら自分の体を両手で抱き締めながら言う。

「でも、わからない。本当にわからないんだ。お爺さんが苦しんでいて、僕はそばにいただけで、そうしたら急に目の前が真っ暗になって……」

一瞬声を詰まらせたかと思うと、操は急にベッドに突っ伏して自分の頭を両手で抱え込む。呼吸が少し荒くなっているのがわかって、晃司は慌てて彼の背中をさすりながら言葉をかける。

「操、無理に全部思い出さなくてもいい。少しずつでいいんだ。少しずつでいい」

操は晃司の腕の中で小さな呻き声を漏らし、額にうっすらと汗を浮かべている。真夏でもあまり汗をかかず肌はさらさらとしている操なのに、今はまるで熱にうなされているようだ。首筋に手を当ててみても熱はなかったが、手首で測った脈は少しばかり速い。

「ごめん。ちょっと急だったな。操を苦しめるつもりはないんだ。ただ、本気でここから出たいと思っているなら、どうしても乗り越えなければならないこともある。それはわかるよな?」

操は自分の手の甲で額の汗を拭《ぬぐ》いながら、コクコクと首を縦に振ってみせる。晃司の言葉の意味はちゃんと伝わっているようだ。それでも、彼は苦しそうに唇を噛み締めると、晃司の顔を見上げて言った。

「藤村の家は僕という存在を封じておく檻《おり》だった。けれど、誰もいなくなってしまった今はここが新しい僕の檻なんだ。僕はここを出たら、また周囲に不幸をばら撒いてしまうかもしれない」

何もかも諦めきった彼の言葉に、晃司は悲しさ以上に憤りを感じていた。そんなふうに考えていたら、自分で自分に暗示をかけているも同然だ。

「そんなわけはない。全部迷信だよ。偶然が重なったことで、いつの間にかそう信じ込むようになっただけのことだ。一つ一つちゃんと解明していけばいい。操がそんな禍々しい存在でないことが証明できれば、何も恐れることはなくなる。ここから出て、普通に暮らすこともできるはずだ」

「そんなのできっこないよ。それに、僕にかかわったら晃司まで巻き込んでしまうかもしれない。そんなことになったら、僕は手紙を書いたことを後悔してもしきれない……」

ずっと療養所の中にいた彼は、もはや何をどうしたらいいのか考える力も失っているようだった。このままでは駄目だ。操をこのままにしておくことはできない。医者になって人の命を救う仕事をしていても、たった一人の大切な人を見捨てるような人間になってはいけないと思う。

「操、大丈夫だ。きっとどうにかなる。俺が操を必ずここから連れ出してみせるよ。今度こそ十年前の約束を果たそう。ここから出て、二人で一緒にいられるよう頑張ってみよう」

「二人で一緒に……？」

「そうだ。俺は操と一緒にいたいと思っている。操は俺の初恋だった。今もまだその気持ちはちっとも変わっていないとわかった。十年ぶりに会ってみて、自分の本当の気持ちを気づかされた。俺は操を忘れることはできないよ」

「晃司……」

操はその目に涙をいっぱいに浮かべていたかと思うと、声を詰まらせながら晃司の首筋に抱きついてくる。昔と変わらず華奢ではかなげで、守ってあげなければと思う。こんなにもきれいで脆《もろ》い心をしているというのに、友達からも避けられ家族からも愛されずに生きてきた。

（そうだ。俺が操を守らなければいけないんだ。俺はそのためにここへ呼ばれてきたんだ。これが運命だったなら逆らう意味などない……）

晃司は操の体をしっかりと抱き締める。そして、これからの自分の人生は、操の存在とともに考えていこうと決意をしていた。

◆◆

操を療養所生活から解放しようと決めたものの、問題は当の本人が自らを人に災いをもたらす禍々しい存在だと信じていることだ。

（結局は、そこから探っていくしかないか……）

そこからというのは、例の「憑きもの筋」という話だ。そのためには操の母親のことから調べていかなければならない。それはなかなか厄介なことだった。なにしろ操本人も母親の実家についてはよく聞かされていないというのだ。いったい、どこのなんという家から嫁いできたのかまったく情報がなかった。

操の父親が隣町にいたなら訪ねていきたいところだが、彼もまた失踪して十年近くなる。今はどこで暮らしているのかもわからないし、生存の確認もできていない状態らしい。そうなると、現在藤村の家に関して話が聞ける者がいるとすれば叔母夫婦だけということになる。

彼らは今もこの町で暮らしている。相変わらず米問屋は人に経営を任せていて、夫婦は藤村が所有しているマンションや駐車場、さらには山林などの土地を活用して不動産業を営んでいた。といっても、本人たちは会社の社長や取締役として名前を置いているだけで、実質的に運営しているのは雇っている宅建の資格を持った者だ。

世間からすれば悠々自適な生活に見えるが、彼らもまた藤村の人間ということで町の人とは距離を置いているようなところがあった。特に操の叔母のほうは藤村の血筋のせいか、あまり人当たりのいい人間ではない。養子に入った叔母の夫のほうは財産をたっぷり持っている妻に頭が上がらないようだが、まだしも町の中で人づき合いがある。

特に彼はギャンブルの趣味があって、麻雀や競馬仲間とは妻の目を盗んでちょくちょく出歩いている。噂によると藤村の財産をけっこう使い込んでいるらしい。それを妻に見つかって責められると、しばらくはおとなしく不動産屋の事務所の机に座っているのだという。

その日も彼は退屈そうな顔で事務所にいた。従業員が昼食を摂りに出ると、机の上で競馬新聞を広げている。その様子をガラス張りの店の外から見ていた晃司は、タイミングを逃すことなくドアを押して入っていく。

「すみませんね。昼休みで係りの者が出払っているんですよ」

顔も上げずに言うが、晃司は気にせずカウンター越しに崎原クリニックの次男坊だと名乗った。

「ああ、崎原先生の息子さん。あれ、こちらに戻ってるの？　東京でお医者さんしているって聞いていたけどね」

「ええ、研修医を終えて、今度こっちに戻ってこようかと思っていましてね」

「そうですか。お兄さんもクリニックを継いでいるし、優秀な孝行息子が揃っていていいですな。金はあっても跡継ぎもいない家とは大違いだ」

藤村の資産目当てで操の叔母と結婚したという噂は嘘ではないようで、彼は自ら藤村の家に対して嫌味を口にする。そして、ちょうどいい退屈しのぎの話し相手がきたとばかり、カウンターまでやってきて晃司に椅子を勧める。そのとき、彼が左足を引きずっているのを見て、同窓会のときの話を思い出していた。操の母親の死後間もなく、大きな事故に遭ったという話だった。

「で、崎原さんの息子さんが不動産屋にどういった御用で？」

表向きは物件を探しているという相談だ。崎原クリニックの増築はしたものの、晃司がそこへ入るにはいささか手狭だし診療科目も違っている。父親は内科でも糖尿病の専門医で、兄は婦人科系の診療をしている。晃司は循環器内科なので、できれば別に医院を構えたいと思っていると話した。

「崎原先生がきてくれてこの町は本当に助かっているんでね。息子さんの頼みならどこかいい場所をお貸ししたいんだが、今のところはどうだろうな。藤村が持っている業務用のビルで、交通の便のいい物件があったかどうか」

もらった名刺の肩書きには取締役とあるが、暇潰しと留守番程度に事務所にいる彼は物件のことはまったくわかっていないようだった。だが、晃司にしてみればそんなことは問題ではない。

「いいですよ。また担当の方がいるときに出直しますから。昼時にお邪魔をして、こちらこそ失礼しました」

そう言って一旦席を立ったけれど、ふと思い出したように振り返ってたずねる。

「跡継ぎがいないと言っていましたけど、俺と同級生がいましたよね？　操くんといったかな」

少しばかりしらじらしいのは承知で、そんなふうに話を振った。

「ああ、おたくはずっと東京だったからご存じないか。操ならもう何年も療養所でね」

「療養所ですか？　子どもの頃から体は弱かったと思うけど……」

小学校から高校まで続いていた晃司と操の秘密の関係は町の誰もが知らないことで、もちろん彼もそんなことは気づいてもいなかったのだろう。晃司の言葉に何度も頷いてみせる。

「びっくりするくらいきれいな子だったただろう。でも、しょっちゅう病気で寝込むような子だったよ」

「それでも、高校までは地元で通っていたと思いますけど、何か深刻な持病でもあったんですか？」

すると、彼はそうじゃないと片手を横に振ってから、さらに声を潜めて言う。

「持病というか、いろいろあって社会生活が難しいんだよ。まぁ、あの子はもともとそういう筋の子だから、隔離されているのがいいのかもしれないね」

「そういう筋というと？」

晃司がしらばっくれてたずねると操の義叔父は窓の外に視線をやって、まだ従業員が戻ってこないのを確認すると言った。

「だから、『憑きもの筋』だよ。あの子の母親は白蛇の筋で、没落しかけた藤村に富をもたらすために嫁いできたんだ。ただし、富ばかりじゃなく災厄も呼び込んだんだがね」

「冗談でしょう。いつの時代の話ですか？」

晃司が肩を竦めてわざと茶化すように言った。すると、彼はカウンターにぐっと身を乗り出してくると、できるかぎり深刻な表情を作ってみせる。だが、彼の目の奥には芝居とは思えない微かな怯えが見え隠れしているのがわかった。

「崎原さんちはよそからきたからわかっていないんだよ。俺もよそ者といえばそうだけど、これでも藤村の婿養子だからね。そりゃ、あの家で奇妙なものをさんざん見てきて、迷信とばかり笑い飛ばせないこともあるもんだと思い知らされたんだよ」

「奇妙なものですか？」

「そう。本当に不思議なこともあるものでね」

自分が見てきたものを話したくてうずうずしている様子が手に取るようにわかったが、晃司はできるだけ素っ気なく愛想笑いを浮かべてみせた。

「そりゃ、町の人があれこれ言っているのは聞いていますけど、しょせん噂じゃないですか。古い家だからしきたりとかもうるさいってことでしょう。でも、『憑きもの筋』とかあり得ないですよ」

　すると、操の義叔父は案の定そんな晃司の態度に喰いついてきて、自分の言葉が嘘ではないと懸命に説明を始める。

「そもそも、操の母親ってのは怪しい女だったんだよ。藤村の家が戦後の没落をどうにかしようと企《たくら》んで、無理に受け入れた嫁だったのは知っているだろう？」

「政略結婚なんていうのは、せいぜい戦前までのことかと思っていましたけどね」

「特殊な業界や家系、それに地方じゃ案外当たり前に残っていたんだよ。藤村のような代々続く家系では、何よりも家が大事で人間は二の次になってしまう。皮肉なもんだね。そのせいで家族はバラバラになってしまって、結局は家も滅びてしまうんだ」

　溜息交じりにそう言ったかと思うと、彼はニヤリと含み笑いをしてみせる。

「もっとも、そんな家だからわたしのような婿養子も少しばかりおいしい思いをさせてもらっているんだけどね。その分、窮屈なことはあるからいいのか悪いのか難しいところだがね」

「なんだか噂以上にいろいろと大変そうですね」

　よくわからないふりをしながらも同情気味に言えば、自分の立場を訴える相手に飢えているのか、彼はますます身を乗り出してきて晃司を再度カウンターの前の椅子へと手招きする。内心ではうまくいったと拳を握っていたが、そんな態度はおくびにも出さず、晃司はもう一度椅子に腰かけると背もたれに体をあずけたまま何気ない調子でたずねる。

「そういえば、操くんのお父さんももう藤村から出たと聞いていますけど、やっぱり政略結婚だからうまくいかなかったんですかね。今はどちらにいらっしゃるんですか？」

「ここだけの話ですけどね、義兄なら多分もう生きちゃいないよ」

操の義叔父は軽く首を竦めたかと思うと、なぜか確信しているかのようにそう言った。さすがに驚いた晃司も少し前のめりになってたずねる。

「どうしてですか？　何か情報でも？」

失踪してから間もなく捜索願を出したものの、自ら行方をくらませた人間について時間を割くほど警察も暇ではない。なんの音沙汰《おとさた》もないまま長い年月が過ぎてしまっているから、そういう推測もできなくはないだろう。だが、彼が操の父親の死を確信しているのは別の理由だった。

「だって、義兄の愛人だった女性があの死に様だ。操のことをあれだけ毛嫌いしていて、次は自分だと思って逃げたんだと思うよ。でもね、逃げようったってそうはいかないよ。どこにいたって災厄は追ってくる。だから、俺はどこへも行かないと決めたんだ」

彼はどこか投げやりにそう言うと、暗い笑みを口の端に浮かべてみせた。

「ちょっと待ってくださいよ。操くんのお父さんが再婚しようとしていた女性は変死とは聞いていますが、まさか操くんが殺したとでも？」

「もちろん、直接手を下したりはしてないよ。なんの証拠もないしね。でも、おかしな話だろう。藤村に挨拶にきた直後だよ。操とも顔を合わせてからのことだ。おそらく、あの子が……」

晃司はさすがに呆れたように片手を上げて彼の言葉を止める。

「これでも医者の端くれなんで、あまり非科学的なことを言われても困りますよ。操くんとは中学までは同級生だったし、優しくてか弱い子でとてもそんなイメージはないですね」

「だから、お宅はよそ者だって言われるんだよ。あの子は見た目と違って怖い子だよ」

どんなに力説されたところで、根拠のないことは信じられないとばかりに晃司は薄《うっ》すらと笑みを浮かべて首を横に振ってみせた。すると、操の義叔父はムキになってさらに藤村にかかわる奇妙な話を続ける。

「だいたい、おかしなことばかりだったんだ。俺だってね、藤村に婿養子に入るまではギャンブルなんか興味もなかったし、真面目な勤め人だったんだよ」

自分がギャンブルに溺《おぼ》れている理由までこじつけられたら、操もたまったものではないと思った。だが、彼の話はどんどん過去に遡っていく。もともとは本人の言うように彼はお堅い市の区役所勤めだったという。藤村の家に婿養子に入るときに退職して、以来ずっと家の資産管理と商売の手伝いをするようになった。すべての権限は当時まだ操の祖父が握っていて、実質的な切り盛りは藤村の血筋の娘である操の叔母がやっていたが、とりあえず経済的には勤め人でいたときよりは余裕もあって悪くはない暮らしだと思っていたらしい。

だが、悩みがなかったわけではない。妻である操の叔母との間にはいつまでたっても子どもができない。不妊治療もしてなんとか妊娠した子どもも安定期に入る前に流産してしまった。

「あのあたりがケチのつきはじめだったかもしれないな」

彼は忌々し気に思い出しながら言う。叔母夫婦に子どもがいれば操を藤村の跡継ぎにしないでも家は存続できる。亡くなった操の祖父もそれを望んでいたらしいが、叔母夫婦にはなかなか子どもはできず、そのうち彼は交通事故に巻き込まれて治療に三ヶ月を要する重傷を負ってしまった。

「下半身をあちこちやられてね。治療後のリハビリに半年以上かかってしまい、そうこうしているうちもう子作りどころじゃなくなっていたよ。今となってみれば、あれだけの怪我でこうして元通り歩けるようになっただけまだしも幸運だったんだろう。ちょっとばかり足は引きずっているけどね。ただ、あの事故だってなんで巻き込まれたのかよくわからないんだ」

「さすがに交通事故までは操くんのせいってわけにもいかないでしょう」

晃司は相変わらず疑うような態度をみせると、操の義叔父は複雑な表情で言葉を続ける。

「だったらいいんだが、あの事故の数日前にカミさんとたまたま不妊治療の件で話していたんだよ」

隣の県に不妊治療で有名な婦人科医がいるので、今度そこへ相談にいこうという話だ。それだけなら別段どうということもないだろう。だが、そのとき不妊症ですっかり気持ちが塞《ふさ》ぎ込んでいた妻に対して、彼はなんとか励まそうと思って言ってしまったのだ。

『今は体外受精という方法もある。子どもさえできれば必ずその子は藤村の跡継ぎにできる。長男の息子だといっても関係ない。操など屋敷の片隅にでも住まわせておいて、藤村は自分たちで切り盛りしていけばいいんだから』

妻を慰めるためとはいえ、操に対してずいぶんと冷たい言葉だ。だが、それだけではなかったらしい。

「どうせ操は虚弱だから、長生きはできないだろうってね。縁側のところで、ちょっとした立ち話だったんだよ」

操の義叔父はそのときのことを思い出して、苦笑とともに白髪交じりの頭をかいてみせる。だが、そんな会話をしているすぐ後ろの部屋にたまたま操がいたらしい。

「いきなり障子を開いてあの子が出てきたときは驚いたね。絶対に聞こえていたはずなのに、なんの感情もないまるで能面みたいな顔でわたしら夫婦の横を通り過ぎていったんだ。正直ゾッとしたよ。なにしろあのきれいな顔だろう。それがかえって不気味でね」

そんな会話を聞かれた数日後、彼は交通事故に遭った。自らハンドルを握り交差点で信号待ちしていたところ、スピードを出しすぎていた運送会社の大型トラックがハンドル操作を誤って正面から突っ込んできた。操の義叔父は車ごと弾き飛ばされて、沿道の電柱に真横からぶつかったという。交差点に他にも多くの車が停車していたのに、まるでピンポイントで狙ったかのように彼の車だけがトラックに押し潰された。

「トラックの運転手が踏ん張って他の車を巻き込まなかったんだろうと言われていたが、冗談じゃない。腕のある運転手なら、最初からあんなスピードで交差点に飛び込んでくるほうがおかしい」

実際、事情聴取でも運転手は居眠りをしていたわけでもないし、どうしてそんなスピードを出していたのか自分でもわからないと供述していたらしい。

「操に仕返しをされたんだろうな。あれ以来、あの子は俺の顔を見なくなったよ。もちろん、こっちもあの子にかかわるのはもう真っ平だったけどね。同じ敷地内で住んでいたときも、極力顔を合わせないようにしていたんだ。あの子はどうにも普通じゃない。やっぱり『憑きもの筋』の女が産んだ子なんだよ」

「富をもたらすが、周囲の者を不幸にする……」

晃司が呟くと、操の義叔父は険しい表情で頷く。

「そうだよ。そのとおりの子なんだよ」

彼は事故の大きさのわりにリハビリで元通り歩けるようにはなった。だが、失ったものもあった。考え事をするとき集中力が欠けるようになった。区役所勤めの頃は得意だった細かい作業や計算がすっかり苦手になってしまったという。そして、子作りを諦めたというように、性的不能になり治療をしてもどうにもならなかったようだ。それらのことがあって妻との関係もじょじょに冷めていき、今ではすっかりギャンブルに溺れているということらしい。

「お宅も操と同級生だったなら、クラスでみんなから避けられていたのは知っているだろう。まぁ、かかわらないのが正解だ。そうでなけりゃ、いつ不幸がやってくるかわからんよ。ちょっとした事故や怪我くらいなら御の字だが、場合によっては命まで持っていかれちまうからね」

「じゃ、彼のお爺さんが亡くなったのも、まさか……」

晃司がさりげなくそのことをたずねてみる。だが、このときだけは彼のほうから首を横に振って否定した。

「爺さんは違うだろう。あの人は心臓が弱っていたし、そこそこの歳だったからね」

「操くんが何かしたというわけじゃないんですね？」

「それどころか、あのときは操のほうがとんだ災難だったんじゃないか。とにかくえらい騒ぎになって、そのあと救急搬送されて大変だったんだ」

「救急搬送？　操くんがですか？」

それこそ晃司が知りたいことだった。彼の話によると操の祖父のために呼んだ救急車だが、祖父ばかりか操も急遽それに乗せられて運ばれていったという。

「今にして思えば、そうまでしても爺さんは操を藤村から出したくなかったんだろうな。周囲に不幸を撒き散らす禍々しい存在を外に放つようなことがあったら、死んでも死にきれないと思ったんだろう。だから、あんな真似を……」

操の義叔父はちょっと遠い目をして十年前のあの日のことを思い出している。あの日、藤村の祖父の部屋であったことはこの町の誰も知らない事実だった。晃司は図らずもその事実を聞かされて心底驚き、そして今も療養所で寂しく暮らしている操を思って胸が痛くなった。手紙をもらうまで何もしてこなかった自分自身を深く後悔し、このとき決意を新たにしていた。やはり操を救い出してやらなければならない。こんな理不尽な状況に彼を閉じ込めておいてはならない。他の誰かの手によってではなく、自分のこの手であの場所から解放し、彼自身の心も解き放ってやらなければとならないと思うのだった。

操の義叔父の話を聞いたあと、晃司は一度東京に戻った。

実家の両親には研修医として働いていた病院からの誘いがあるので、もし戻ってくるにしてもあと数年は修業のつもりで規模の大きな病院に身を置いて研鑽《けんさん》を積むつもりだと言っておいた。

勤務医として誘いを受けていたのは事実だ。だが、その話はすでに断わっている。嘘をついたのは両親を心配させないためだ。そして、新たな就職の前に晃司にはどうしてもやらなければならないことがあった。それは操のルーツを探ること。操というよりも、彼の母親がどこからやってきた人間なのかということだ。

今の時代に「憑きもの筋」などという話は荒唐無稽というしかない。それでも、それを本気で信じている人がいる。たとえ迷信であっても、信じることによってすべての偶然がそのせいだと結びつけることはできる。人は理不尽で納得のいかない現実に直面したとき、どんな理由でもいいから見つけようとするものだ。

あの町は開発が進んで人口も増えインフラも整い、一見したところ都心となんら変わらなく思える。それでも、未だに因習に縛られていた時代の妄執を信じる人々がいる。彼らを否定しても仕方がない。まして晃司はあの町には十歳から住んでいても、やっぱりよそ者に違いないのだから。

だが、よそ者だからこそ客観的に藤村という家を見ることができる。「憑きもの筋」というまことしやかに語られている話も、よけいな先入観を持たずに調べることができるはずだ。

操の母親は彼が八歳のときに亡くなっている。母親との思い出はあまり多くないという。藤村の家でいつも寂しそうにしていて、操を抱き締めては涙をこらえている姿ばかりが記憶に残っていると言っていた。

操の父親は当時からつき合っている他の女性がいたので、彼女にはあまり心をかけてやらなかったようだ。操を産んでからも夫は家庭を大切にするどころか、愛人の部屋に通っていたようなのでなおさら辛い日々だったのだろう。

迷信を信じていたというなら、富をもたらしてくれる嫁はもっと歓迎するべきではないのだろうか。それなのに、彼女は藤村の家でひたすら不遇だったようだ。富をさずけてもなお忌み嫌われる、「憑きもの筋」というのはいったいどういう存在なのか。

そんな操の母親は病死ということになっている。実際はわからない部分もある。だが今知りたいのは、彼女の死因よりも彼女がどういう出自の人間かということだ。

他人の家の戸籍など勝手に取ることはできないし、操の叔母が絶対に話してくれないだろうことはわかっていた。だが、探り出すためのヒントは操の義叔父が与えてくれた。彼は自らが言っていたように、少々注意力が散漫なところがある。会話していても簡単に誘導にのってしまう。以前はもっと慎重な人間だったのかもしれないが、おそらく事故の後遺症的なものはあるのだろう。

他人のそういう部分を利用するのは後ろめたさもあったが、操のためだと思えばそれくらいは気にしていられない。そもそも操が味わってきた藤村の家での不遇を思えば、義叔父にも少なからず責任はあったと言えるだろう。

現在も叔母夫婦はともに操を療養所に閉じ込めておいて、藤村の資産は自分たちがそのすべてを思いのままにしていると言ってもいい。藤村の資産も屋敷もあらゆるものは長男の息子である操にその多くの権利があるはずだ。晃司は操が得るべきものを取り返してやりたいだけだ。そして、彼を療養所から出して、自由に生きられるようにしてやりたい。

ずっと悲しさと寂しさに耐えてきた操だから、これからの人生はせめて彼の望むとおり行きたいところへ好きに行けるようになればいい。

一度東京のマンションに戻った晃司は簡単な旅支度をすると、再び車に乗り込みその日のうちに東京を離れた。操の過去を紐解くために、まずはひたすら西へと向かうのだった。

第三章　解放

◆◆

もう一生、この療養所で暮らしていくしかないのだと思っていた。だから、たった一つの願いを叶えたくて勇気を出して手紙を書いた。手紙を読んだ彼が今も操《みさお》のことを覚えていてくれるのか、そのことが心配だった。返事がなくても仕方のないこと。そう諦《あきら》めていたというのに、晃司《こうじ》は操の手紙を受け取るとはるばる会いにやってきてくれた。

それればかりか、操のことを今も好きだと言ってくれて、一緒にここから出ようと誘ってくれた。まるで夢のようだった。もちろん、操もできることならそうしたい。

（でも、僕は外に出てはいけないんだ……）

天気のよい午後、操はパジャマにカーディガンを羽織り療養所の自分の部屋を出た。中庭を通り抜け、正門の鉄門扉を出て行くと県道添いの歩道を歩いていく。療養所で働く人たちが利用する以外は日に数本やってくるバスだけが行き来する道だ。すぐ先にはバス停があって、操はそこまで行くとベンチに座っている年配の男性患者の姿を見つける。

「斉藤《さいとう》さん、こんにちは」

声をかけて彼の隣に腰かける。本当なら療養所から勝手に出ることはできないのだが、ここまでは庭先と同じ扱いで看護師たちも目をつぶってくれている。もちろん、勝手にバスに乗ろうとしても無駄だ。ドライバーが療養所に連絡を入れるし、それにここで暮らす患者は金を持たされていない。売店で買い物をしても、それは全部入院費と一緒に一括で清算される仕組みになっているのだ。

「今日はくるといいですね、ご家族の方」

操が言うと、彼は小さく頷《うなず》いている。その横で操もぼんやりとバスがやってくる方角を見つめる。最後のバスがやってくる午後三時まではあと一時間ほどある。操も今日はここで午後を過ごすことにした。昨日、晃司からしばらく会いにこられないと電話で連絡があった。東京に戻ってどこかの病院に勤務するのなら、きっとこれっきりになるのだろうと思った。やっぱりここから出るなんてできるわけがない。晃司も会いにはきてくれたけれど、彼にだって彼の人生がある。やっと医者として一人前になって働きはじめる大切なときなのだ。

せめてもう一度会えればいいと思っていただけなのに、何度も訪ねてきてくれて優しい言葉もかけてくれた。結局、十年前と同じで晃司と一緒にここから出ることはできなかったけれど、操にはもう充分だった。だから、感謝の言葉とともに晃司が医者として成功することを祈っていると伝えた。ところが、晃司は東京に戻るのではないという。

『操を解放するために真実を探してくる。大丈夫だ。今度こそ必ず操を連れ出してみせるから』

そう言った彼は操のルーツを捜しに西に向かうと言っていた。それはおそらく母親の出身地のことだろう。操自身は母親がどこのなんという家から藤村《ふじむら》に嫁いできたのか、いっさい聞かされていなかった。自分でもあえて調べようとしなかったが、晃司はどこから彼女のルーツが西にあると知ったのだろう。

詳しい話は戻ってきてからすると言っていた。ここから動けない操は待っていることしかできない。今の自分は藤村の家にいた頃よりも身動きができない。籠《かご》の鳥という言葉がそのまま当てはまるような状態だ。

だったら、そんな自分に何ができるのだろう。操のために貴重な時間を費やしてくれている晃司に少しでも報いることができるとしたら、それは自分自身のことを自分で思い出すこと。操の中で今でも曖昧《あいまい》になったままの記憶がある。思い出そうとすると呼吸が苦しくなったり眩暈《めまい》がしたりする。

療養所の医師は辛い思い出を封じ込めているから起こるのであって、それがこれからの生活に必要のない記憶なら忘れたままでも問題はないと言ってくれる。確かに、そうして記憶が欠落したままでいれば気持ちは楽かもしれない。けれど、それではここから出て行くことができない。過去にあった出来事を全部思い出して自分の中できちんと消化しなければ、いつどこでその記憶が蘇《よみがえ》ってパニックになるかもしれないからだ。

『本気でそこを出たいと思うなら、操自身が戦わなければならないんだよ。俺はその手助けをしてあげられるだけだから』

電話で話した晃司はそうも言っていた。操もそのとおりだと思う。ここに入って八年あまり。自分はすっかり諦めきっていたところがあった。最後の望みとして晃司に会いたいと思ったけれど、会ってみれば欲が出てきたのも事実だ。もっと彼といたい。失われた十年を取り戻したい。ここから出るために、操は自分ができることをしなければならないと本気で考えている。

(あのとき、僕は何をしたんだろう……?)

晃司と一緒に東京に行こうと約束したことは覚えている。祖父も父親も反対したけれど、操は自分の意思を貫こうと思っていた。晃司がいれば大丈夫だと信じていたからだ。けれど、そうはできなかったのは祖父が倒れてしまったから。

当時、藤村の家に勤めていた家政婦に呼ばれて祖父の部屋に駆けつけた。寝床で苦しそうな呼吸をしていた祖父の姿は覚えている。自分はけっして好かれてはいない孫だったが、それでもそばに行き祖父の手を握って声をかけた。

(それから、何があったんだろう……?)

そのあとの記憶がぷっつりとが途切れてしまうのだ。遠くから怒号と焦った悲鳴のようなものが響いていた。叔母《おば》夫婦や家政婦たちの声だったと思う。けれど、操にはもう何も見えなかったし、体に力もはいらなかった。やがてそんな声も聞こえなくなり、操は真っ暗な闇《やみ》の中へと呑《の》み込まれていったのだ。

気づいたとき祖父はすでに亡くなってから何週間も経《た》っていて、操は病院のベッドで横たわったままその事実を聞かされた。いったい何があったのか、どのくらい意識を失っていたのかわからない。何も思い出せなくて、それからずっと記憶が混濁したまま過ごした。

医者は祖父が亡くなって大きなショックを受けてのことだと言っていた。その説明はどこか言葉を濁している感じだったが、そのときの操は深く考える心と体力の余裕がなかった。数ヶ月の入院で体力を取り戻すためのリハビリをしながら、操は懸命に途切れた記憶を取り戻そうとした。

一番悔しくて悲しかったのは、晃司と東京へ行けなくなってしまったことだった。だから、どうしてこんなことになってしまったのか操自身が一番思い出したかったのだ。

(そう、僕だって思い出したかった。思い出そうとしたけれど……)

晃司に言われる以前にも、何度も試みたことだ。ただ、その都度自分の記憶は以前にもまして混濁してしまい、心がきつく締めつけられる。呼吸が苦しくなってパニック発作に襲われて、たびたび床に倒れ込むことを繰り返してきた。

そんな己の拒否反応から、あの日あのとき祖父の部屋で何かよからぬことがあったのではないかと思うようになった。けっして思い込みではない。きっと自分が祖父に何かしたに違いない。そうでなければ、ここまで頑《かたく》なに過去の記憶から逃げようとするわけがない。

（東京行きを反対されて、やっぱり僕がお爺《じい》さんを……。だから、僕はこの療養所に閉じ込められたんだ。きっとそうに違いないから……）

霞《かすみ》の向こうに蠢《うごめ》く記憶を辿《たど》りながら、操はふと我にかえって隣に座る斉藤老人の顔を見つめる。年配といっても、まだ六十を過ぎたばかりだと聞いている。何か複雑な事情で心を病んでいるらしく、操よりも長くこの療養所で暮らしている。

「斉藤さん、もうすぐバスがきますよ」

操が自分の携帯電話で時間を見て声をかけた。彼は黙って頷き、顔を持ち上げてバスがやってくる方向を見つめている。もうすぐとは言ったがまだ二十分はある。だが、バスがきたからといって二人にはどうでもいいことだ。どうせ彼の親族は今日もこないし、操は意味もなくここに座っているだけだから。

「へ、へび……」

斉藤老人が何かを言おうとしている。操が首を傾《かし》げて彼の口元に耳を近づける。すると、彼はずっと膝《ひざ》の上に置いていた右手を持ち上げてバスがやってくる道を指差す。

「蛇のトンネル……」

そう呟《つぶや》いてから指差す方向を見つめていたが、やがて力尽きたように手を下ろしてしまう。

操は彼の言葉少し考えてから、頰《ほお》を緩めて頷いた。

「そうですね。すぐ先にトンネルがありますよ。『蛇骨《じゃこつ》トンネル』でしたね」

彼の言うように、この先には外の世界へと繫《つな》がるトンネルがあった。固い岩盤を避けて掘ったトンネルなので、中で少し蛇行しているからそんな名前がついたのだろう。

外の世界に憧《あこが》れている操は旅行雑誌を見るのが好きだが、イタリアのベネチアには「ため息橋」というのがあるらしい。そこは囚人が地下牢に投獄される前に見る最後の地上の景色で、誰もがその橋の窓から外を見てため息をつくためそう呼ばれるようになったらしい。

それと似たようなもので、「蛇骨トンネル」は外の世界と療養所を隔てるトンネルなのだ。斉藤老人も操もあのトンネルの向こうへは行けない。ただ、あのトンネルの向こうからやってくる人を待つばかりなのだ。

「僕たちはあのトンネルの向こうへ行けないんですよ」

操が自分に言い聞かせるようにそう呟いた。隣の斉藤老人は操の声が聞こえていないのか、じっと道の向こうを見つめ、バスがやってくるのを待っている。

「今日はくるといいですね。僕もずっと待っていた人がいたんですよ。ずっと待ち続けていたら、その人はきてくれたんです。だから、きっと斉藤さんにもやってきますよ」

操は励ますように言うと、やがて十分ほどで今日の最終のバスがやってきた。バス停で停まってドアが開いたものの降りる人は一人もおらず、もちろん斉藤老人も操もそのバスに乗ることはない。

運転手は慣れたもので、すぐにドアを閉めてバス停から走り去る。この先の療養所の正門前の広場でUターンをしてまた町へと戻っていくのだ。折り返し去っていくバスを見送りながら、操は斉藤老人に言った。

「今日はこなかったみたいですね。でも、大丈夫ですよ。いつかはきっときますから。それまで、ここで待っていればいいんですよ」

そう言ってから彼の腕を取ってベンチから立ち上がらせると、一緒に療養所への道を歩いていく。彼の妻はすでに亡くなり、子どもはいないと看護師が言っていた。身寄りらしい身寄りはいないが、若い頃から何かの商売で資産を築き、病で倒れたあとはずっとこの療養所で余生を過ごしている。金はあっても家庭にはめぐまれなかった彼は、バス停でそもそも存在しない家族を待ち続けているのだ。

操の人生も悲しいけれど、この療養所にはもっと悲しい人たちもいる。ここはそんな人たちがじっと待ち続ける場所。待っているのは外からやってくる人なのか、それとも漫然とやってくる死だろうか。

初夏とはいっても山奥のここでは三時を過ぎたら空気が急に冷えてくる。夕暮れどきになるとパジャマ姿では肌寒さを感じることもある。操は斉藤老人と一緒に療養所の正門を潜り、自分たちの檻《おり》へと戻っていく。

そのとき、操は一度振り返りバスが走り去った道を眺めた。今度晃司が会いにきてくれるときまで、自分も思い出さなければならないことがある。やれるかどうかわからないけれど、操自身が戦わなければあのトンネルを抜けてここを出て行くことはできないのだから。


『藤村だ。あいつがやったんだよっ』

『怖いね。あの子、何考えてるかわかんないもん』

『虐《いじ》めた奴は全員仕返しされるぞ』

ある朝、登校して教室に入ると、クラスの全員が操を遠巻きにしてヒソヒソとそんな話をしていた。その中心にいるのは腕に包帯を巻いて三角巾で吊《つ》っているクラスメイトだった。彼は三日前に公園の遊具から転げ落ちて腕の骨を折っていた。そして、そのさらに数日前には操のランドセルを校舎の裏でぶちまけていた。それればかりか、それを拾い集めている操に棒きれを投げつけてきたのだ。

そういう虐めは小学校に入ってからしょっちゅうあった。このときはクラスの漢字テストで操が一番を取り彼が二番だったから、気に障ったのだと思う。けれど、彼らにしてみれば理由などなんでもよくて、内向的で運動が苦手というだけでもからかったり虐めたりするには充分だったのだ。おまけに、資産家であっても町ではあまりよく思われていない藤村の家の子どもだと思えば、意地の悪い気持ちにも拍車がかかったのかもしれない。

『違うのに。僕は何もしていないのに……』

心の中で何度も否定した。公園の遊具で遊んでいたクラスメイトに自分が何をしたというのだろう。虐められて辛かったし、こんなことはしないでほしいと思っていたけれど、だからといって操が彼を遊具から引きずり下ろしたわけでもないし、そもそも彼がその日の放課後に友達と公園で遊んでいたことさえ知らなかったのだ。

それでも、小学校の四年のときにそのことがあって以来、操はそれまで以上に学校で仲間外れになっていった。クラスメイトたちは操を怖くて危険な存在として見るようになってしまった。操をからかったり虐めたりすると仕返しされる。それもやった以上の目に遭わされるから近寄ったら駄目だ。そんな噂《うわさ》が流れるようになり、やがて誰もが当たり前のように操を遠巻きにするようになった。

どうして自分ばかりがこんな目に遭うのだろう。家でも愛されず、学校でも仲間外れにされて、いったい自分の何が悪いというのだろう。

『そんなに僕は悪い子なの？　だったら、どうして僕は生まれてきてしまったの……？』

悲しさが胸の中で溢《あふ》れて、それは涙となってこぼれおちる。頬が濡《ぬ》れて乾く間もないうちに次の涙がまた溢れてくる。操はずっと一人ぼっちだった。それは、晃司があの町に引っ越してくるまでずっとそうだったのだ。

『あの、誰？　さ・き・は・ら……？』

夢の中で操は幼い晃司に会っていた。けれど、やっぱり幼い頃に戻っている自分は彼のことを知らないからそんなふうに問いかける。すると、なぜか晃司ではない声が操に話しかけてきた。

「藤村さん、起きましょうか。朝ですよ。検温の時間です」

少しの間朦朧《もうろう》としていたが、やがて自分が夢を見ていたのだとわかってゆっくり目を開く。今朝もいつもと変わらない、療養所の個室のベッドに横たわっている。

「調子はどうですか？　昨日は夕方から冷えてきたけど大丈夫でした？　寒くなかったですか？」

ここにきてからもちょっとした気候の変化で熱を出す。昨日は散歩から戻ってきてくしゃみをしていたから、また熱を出したのではないかと案じているのだろう。だが、体調は悪くはない。ただ、ちょっと夢見が悪かっただけだと告げた。

「怖い夢だったんですか？」

ここに勤めて長く操も四年ほど世話になっている看護師は、ベッドの上で手際よく血圧を測りながらたずねる。

「怖くはないけど、悲しい夢だった」

「そうですか。でも、夢は夢ですよ。忘れてしまえばいいんですよ」

にっこりと優しい笑顔でそう言って、彼女は体温計と血圧計を持って部屋を出て行く。操はベッドから下りて洗面をすませて朝食を摂りにいく。自分の部屋で食べることもできるが、熱があったりして体調が悪いとき以外は食堂で摂るようにしていた。

食堂で働いているのは近くの町からやってきている女性たちだ。働き口の少ない地域なので、車での通勤さえ厭《いと》わなければこの療養所はいい職場らしい。ときには子育て中の従業員が子どもを連れてきていたりして、彼らのくったくのない様子が老齢の患者の心を癒していたりもするのだ。

今朝も食堂の片隅で見慣れない子どもが座ってポケットサイズのゲーム機で遊んでいるので、きっと誰かが自分の子どもを連れてきたのだろうと思った。身長に合わない椅子に座って足をブラブラさせながらゲームに熱中していたが、そのうち飽きてしまったのか中庭へと飛び出していった。

そこで自分で持ってきていたボールを蹴《け》って遊びはじめる。まだ患者が散歩していない時間だから、看護師たちもそれを見ても何も言わない。

(ああ、そういえば晃司に初めて会ったのは公園のそばの道だったな……)

忘れてしまいたい夢を見たけれど、その続きを目覚めてから考えると懐かしさが込み上げてきた。

『俺たち今度この町に引っ越してきたんだ。崎原《さきはら》ってそこの病院』

公園の横を通ったとき、転がったボールを拾いにきた晃司がそう声をかけてきた。潑剌《はつらつ》とした笑顔が眩《まぶ》しかった。同じ歳《とし》くらいなのに、自分とは違って日に焼けた肌やしっかりとした体つきにはエネルギーが漲《みなぎ》っているように見えた。

学校に行くとその少年が担任の教師と一緒に教室に入ってきて、ものすごく驚いた。けれど、彼が操の顔を見て声をかけてきたときはもっと驚いた。クラス中がざわめくのも気にせずハイタッチを求められて、操はひどく慌てたのだ。

(でも、ちょっと嬉しかった……)

あのときのくすぐったい気持ちを思い出すと、悲しい夢を見て沈みがちだった心が少しだけ浮上するのが感じられた。

操は朝食を終えると、その足で中庭に出る。一人でボールを蹴っている少年を見ながら、今日という一日をどうやって過ごそうかと考える。読みたくてタブレットにダウンロードした本は何冊かたまっている。晃司がこの間持ってきてくれた雑誌もある。

けれど、晃司が自分のために奔走してくれていると思うと、のんびりと本や雑誌を読んで過ごす気にもなれない。操は中庭で初夏の青い空を見上げ、晃司は今頃どこにいるのだろうと考える。そのとき、斜めの方角から「危ないっ」と叫ぶ声が聞こえてそちらのほうを見ると、操の顔面近くにボールが飛んできた。

「ひぃ……っ」

咄嗟《とっさ》に顔を背けて片手で頭を庇《かば》うと、その腕にボールが当たって跳ね返る。

「ごめんなさいっ」

そう言いながら、さっきの少年が駆けてきた。看護師と食堂で働いている彼の母親も中庭へ飛んで出てきて、大丈夫かと声をかけてくれる。ちょっと驚いただけのこと。いくら操が非力でひ弱でも、子どもが蹴ったボールに当たったくらいではどうってこともない。

「大丈夫ですよ。全然平気です」

「本当にすみませんでした。もう、この子ったら、ちょっと目を離した隙《すき》に何やってるのっ」

少年の母親は恐縮して何度も頭を下げる。そして、隣にいる自分の子どもの耳たぶを引っ張ろうとしたら、その子がスルリと母親の腕の下からすり抜けて走っていく。

「あっ、こらっ。卓也《たくや》っ。ボールは置いていきなさいっ」

怒鳴る母親から逃げるように走っていく少年だったが、慌てていたせいかいきなり足がもつれたようになって躓《つまず》いて転ぶ。中庭の芝生の上で怪我《けが》はしていないようだが、後ろから追いかけていった母親がコツンと彼の頭を拳骨《げんこつ》で軽く叩いて言った。

「ほら、言うことを聞かないからバチが当たったのよ」

卓也という少年は膨れっ面になりながらも、母親の腰にしがみついて甘えている。自分の少年時代にはなかった微笑《ほほえ》ましい光景だった。だが、その様子を見ながら操は忘れかけていた夢のことを思い出してしまった。そして、自分がどうしてクラスの中で仲間外れにされていたのか、その理由も思い出した。

(そうだ。いつもそうだったんだ……)

もうずいぶんと前のことで、あまり考えなくなっていた。今はこの療養所の中で周囲の人から奇異な目で見られたり、不気味がられたりするようなことはない。

操は一度自分の部屋に戻って着替えをすると、今日は天気がいいので裏山の遊歩道を歩くことにした。昼までには戻ると担当の看護師に声をかけて出かける。車椅子やつき添いの必要な患者も多いが、そんな中で操は歩行に問題はないので居場所さえ伝えておけば比較的自由な行動が許されている。

この間は晃司と歩いた道を今日は一人でゆっくりと歩いていく。途中の東屋のベンチで座り、ここで一緒に並んで座ったことも思い出して心を落ち着けてから考える。自分が何者だったか。自分は何をしてここにいるのかを。

『僕はね、藤村の家に嫁いできた『憑《つ》きもの筋』の母さんが産んだ子なんだ』

転校してきたばかりで町の事情を知らない晃司に、操は自らそう話したことがある。もちろん、晃司はそんな言葉など知らないとポカンとしていた。説明しても晃司はピンとこない様子でいたが、一つだけ操に確認した。

『そんなことができるのか？　操も？』

それは人を不幸にしたりできるのかということ。あのときの操は首を横に振ってそんなことができるわけがないと答えた。本当に自分にそんな力などあるはずがない。みんなは勝手なことを噂していたけれど、普通に考えればあり得ないことだし、そんな力があるくらいなら脆弱な虐められっ子でいるわけもないと思っていた。

（でも、そうではなかったかもしれない……）

自分の記憶の奥底に隠されているだろうおぞましい真実。操にとって不都合な事実があって、それらを閉じ込めることで心のバランスを保っているのが今の自分だ。けれど、それでは駄目なのだ。

晃司の言うとおり、自分は戦わなければならない。だから、思い出さなければならない。きっと操自身が心の中でそう決意したから、昨夜のような夢を見たのだと思う。

（落ち着いて思い出すんだ。きっと大丈夫だから……）

晃司が会いにきてくれたから、自分は過去に戻って自分自身を見つけることができるはず。藤村の家に起こったことの一つ一つを思い出していくと、祖父の言葉や父親の態度についてもなんとなくわかるような気がするのだ。そして、叔母夫婦はいつからか操を視界に入れようともしなくなった。

自分はあの家にとってとても不吉な存在だったことは間違いない。藤村の家だけではない。

町の人やクラスメイトが操を避けていたのも、それなりの理由があったように思うのだ。それはさまざまな形で起こっていたのに、すべては偶然だと信じて疑わなかった。そして、周囲の誤解に反論することもできないまま、操は心を失いそうになっていた。

そんな操に生きる喜びを与えて、笑顔を思い出させてくれたのは晃司だった。晃司だけは操を恐れることもその存在を嫌悪することもなかった。彼と一緒にいればきっと自分は穏やかな心でいられる。晃司は操にとって、まさに一縷《いちる》の望みであり、唯一の希望だった。

けれど、あの日を境に操の中で長年封じ込めてきたことが、現実として目の前に突きつけられるようになったのだ。目を閉じるとあの日、あのときの光景が脳裏にぼんやりと浮かんでくる。

『操さん、大変です。大旦那《おおだんな》様が……っ』

家政婦が祖父の異変を知らせに操のところへやってきた。慌てて祖父の部屋まで駆けつけたあと、そこで何があったのか。思い出したくないという気持ちと思い出さなければならないという気持ち。操の中でその二つが揺れ動いていた。

(僕は何を言ったの？　僕は何をしたの？　僕は……)

祖父をこの手にかけたのだろうか。その部分だけは白いもやの中にあって、どうしても記憶を呼び戻すことができない。思い出そうとすればするほど頭の中が混乱していく。

気がつけば呼吸が速くなっていて、このままだとまた意識を失ってしまうかもしれないと思った操はベンチの背もたれに体をあずけて大きく深呼吸をする。そして、落ち着こうとして医師から教えられていた深い呼吸を何度も繰り返した。

（落ち着いて。落ち着くんだ。大丈夫だから思い出そう……）

これはきっと最後のチャンスで、これを逃したらもうここから一生出ることはできなくなるだろう。ただ、自分が祖父を殺した禍々《まがまが》しい存在であったなら、きっと一生ここから出ないほうがいい。

憑きもの筋の人間は周囲の者を不幸にする。ここを出ることができて晃司との関係が続けば、今度は災いが彼に降りかかる可能性もある。子どもの頃から彼だけは操の味方だった。だから、晃司だけはそんな災厄に巻き込みたくはない。

晃司のことを守るためにも、自分自身の抱えるものと向き合わなければならない。心臓の鼓動が速くなっていくのを感じながらもひたすら意識を集中する。

『この子は駄目だ。この子はどこにもやらん』

祖父の声が脳裏に響く。どうしてそんな言葉を吐きつけられているのかわからない。

『どこにやってもならない。災いをこれ以上撒《ま》いては駄目だ』

自分は誰に災いを撒いたというのだろう。クラスメイトにも身内にも、何かをした覚えなどないというのに。

『全部わたしが持っていく。この子はわたしが連れていく……』

祖父がそう言った瞬間、ベンチに座っていた操は体を痙攣《けいれん》させて前のめりになった。両手で自分の頭を抱えながら髪をかきむしる。思い出そうとする心とそれを拒む心が葛藤《かっとう》している。これまでと同じ繰り返しになっては駄目なのだ。ここから先を思い出さなければならない。

連れていくといった祖父に逆らったから、自分は今ここにいる。けれど、操を一緒に連れていこうとした祖父に自分は何をしたのだろう。

（わ、わからない。わからない、思い出せない…）

自らに問いかける言葉にやはり答えは出ない。心がどうしても思い出したくないと拒んでいた。この大きくて固い心の鍵をどうやって外せばいいのかわからずに、操はただ己の無力さに打ちのめされるばかりだった。

◆◆

『明日には一度戻るつもりだ』

晃司からそんな短い連絡が入った。操のルーツを捜しにいくと言った彼だが、詳しいことは電話ではいっさい話してくれなかった。もちろん、すでに亡くなった特定の人物の出生を遡《さかのぼ》っていくのは簡単なことではないだろう。今の時代は個人情報の保護については厳しい規制があるし、それでなくても謎の多い母親の実家のことだ。

電話の晃司はどこか深刻な声色だった。何か見つけたのか、あるいは何も見つけることができず徒労に終わったのか、それはすべて彼がやってきてからでなければわからない。失った自分の過去の欠片《かけら》をかき集め、自分が何者なのか知る覚悟が本当にあるのかどうか、正直よくわからない。ただ、最後の望みが叶えられればと思い書いた手紙で、晃司が本当に会いにきてくれるとは思っていなかった。いつだって彼は操に勇気を与えてくれる。

子どもの頃もそうだった。わずか十歳でも、誰にも愛されていない自分に絶望していっそ母親のあとを追いたいとさえ思っていた。そんな操に小さな希望を与え、楽しい時間を共有し、やがて愛までくれた。あの頃の気持ちと変わらず、今も操を愛《いと》しいと言ってくれる。そんな彼が見つけてくれたものがあるなら、操はそれを全部信じようと思う。たとえどんな衝撃的な事実がそこにあったとしても、晃司だけは操を傷つけたり穢《けが》れたもののような目では見たりしないから。

電話があった数日後、晃司が療養所を訪ねてくると彼は操に会う前に担当医と話をしていた。看護師がそのことを操に教えてくれたのだが、べつに奇妙に思うこともない。専門は違うかもしれないが、晃司も医者なので操の状態をいろいろと確認したいのかもしれない。

自分の部屋で待っていると、晃司がいつもどおり本や雑誌の他にも季節の果物やきれいな鉢植えの花を持ってきてくれた。

「入院患者に鉢植えはよくないって言われるけれど、切り花じゃすぐに枯れてしまうだろう」

そう言って晃司が窓際のテーブルに置いてくれたのは青いセントポーリアの鉢だった。フリル状になった花びらが可憐《かれん》でとても愛らしい。

「これは多年草だから、ここを出るときは一緒に持っていけばいい」

窓際に立って鉢植えを眺めていると、背後に立った晃司がそう言って操の肩にそっと手を置く。ハッとして振り返ると、彼が優しく微笑みながら頷いている。

「ここを出て一緒に暮らす部屋に飾ろう」

「晃司……」

そんな夢のようなことを言われたら、心が揺れてどうしたらいいのかわからなくなる。でも、そのためには自分は乗り越えなければならないものがある。

「あの、ずっと西へ行くって言ったよね。僕の母さんの家のことで何かわかったの？」

操はおそるおそるたずねる。晃司は黙って操の肩を抱いてベッドへと座るように促す。そして、自分は椅子をその前に持ってきて向き合って座ると、操の顔をじっと見つめてからゆっくりと話し出した。

「見てきたこと、聞いてきたことを全部話そうと思う。操にとっては少しショックなこともあるかもしれない。けれど、これだけは理解しておいてほしい。すべては終わったことで、何もかも過去のことだ」

「終わったことで、過去のこと……」

「そうだ。だから、これはもう操が気に病むことでもないし、背負うことでもない。それだけをちゃんと覚えておいて話を聞いてほしいんだ」

晃司の真剣な表情を見て、彼が操のルーツに関して何かとても不穏なものを探り出してきたのだと察した。過去のこととして聞けばいいと言われても、それが自分にできるだろうか。不安に唇を震わせる。すると、晃司が手を伸ばして操の膝の上に揃《そろ》えられていた両手をしっかりと握ってくれる。途端に、操の心の中に小さな勇気が灯《とも》る。

「だ、大丈夫。ここを出るためだから。ここを出て晃司と一緒に暮らしたいから、そのために必要なら頑張れると思うよ」

顔を上げて晃司の目を見つめる。晃司はしっかりと頷いてから操の手を一度離し、自分がこの一週間で調べてきたことを順序立てて話してくれた。

「向かったのはY県の某市だ。そこに操のお母さんの実家があるということは義叔父《おじ》さんから聞いた。彼も詳しいことは知らなかったがその地名だけは間違いないと言っていた。それと操のお母さんの旧姓がわずかなヒントだった」

「母さんの旧姓……」

操は母親の旧姓も知らなかった。誰に聞いても教えてくれなかったし、母親もそれを口にしようとはしなかったのだ。

「操のお母さんの旧姓は『久巳世《くみよ》』といったそうだ。某市からかなり山のほうへ入ったところの集落に古くからある家だったらしい」

そう言って晃司はその漢字を宙に書いて見せた。それを知って小さな吐息が漏れる。とても珍しい姓ということもあるが、「巳」という字が入っていることを知り、なんとも複雑な思いに駆られる。そして、それがこれから晃司が話すことの不吉な序章のように思えた。

「結論から言うよ。その地にもうお母さんの実家は残っていなかった」

晃司が訪ねていったところ久巳世の古い大きな家屋は空き家となっていて、その裏山には何百年も前からあったという尼寺の土台部分が残っているばかりだったそうだ。

「操のお母さんが嫁いで、久巳世家は途絶えたということだった。もともとそばにあった尼寺の者が分家となってできた家で、女系の一族だったようだ。婿《むこ》養子を迎えて本家を守りながら、他の娘たちは嫁がせていたが、時代とともに本家に婿を迎えることが難しくなっていったらしい」

「じゃ、もう『久巳世』の一族も残っていないということ？」

「おそらくは。俺が調べたかぎりでは、操が最後の末裔《まつえい》ということになる」

「そうなんだ……」

やっぱり、自分は血縁に恵まれない星の下に生まれてきたらしい。だが、それについてはもはや何を思うでもない。数少ない身内にも愛されなかったから、血縁というものに幻想を抱《いだ》くことはなかった。それよりも操には気になっていることがある。

「あの、それで……」

どう切り出せばいいか言葉を選んでいると、晃司のほうからそれについても語り出した。

「とても珍しい苗字《みょうじ》であるだけでなく、『久巳世』という家系には奇妙な言い伝えがあった」

「それってやっぱり……」

晃司は小さく頷いたものの、少し前屈《まえかが》みになって操の顔を覗《のぞ》き込んでくる。

「操はお母さんが『憑きもの筋』で、白蛇が憑いていると言っていただろう？ 確かに、そんな話もあったらしい。ただし、それは何百年も前にあの土地に尼寺ができたいきさつにまつわる伝承のようなものだ」

その昔、夫と子どもを亡くした女性が仏門に入りたいと、とある寺の門を叩いた。ところが、当時はまだ女性が仏門に入ることを認めていない宗派が多く、すげなく門前払いされてしまう。行くあてもなくさまよい行き倒れになりかけたところ、一匹の白蛇が現れて道案内をするのでついていくとそこに廃寺があった。その場所で彼女は仏に手を合わせて余生を過ごし、やがてそこは尼寺となっていったということだ。

「実際、尼寺は戦前まではそこにあったらしい。最後の尼僧が戦中に亡くなってからそのまま廃寺に戻ってしまったということだ」

すべてが初耳だった操だが、それならべつにおどろおどろしい話でもない。やっぱり、「憑きもの筋」などというのは迷信にすぎなかったのだろうか。だが、晃司の話はそれだけでは終わらなかった。

「そもそも廃寺に入った一人の女性から始まった尼寺だが、事情があって世俗を捨てた女性が一人また一人と集まってきた。だが、一度は出家を覚悟して尼寺に入ったものの、なんらかの事情で還俗《げんぞく》する者もいたらしい」

久巳世家はそういう女性によってできた家系だという。晃司は少しずつ複雑になっていく話を、ゆっくりと操が混乱しないように丁寧に説明してくれる。

「還俗した女性というのは旅人と所帯を持ったということだ。あのあたりは世俗から久しく離れた場所という意味で、古くから『久見世』と呼ばれていた。要するに彼らは『久見世』で暮らす者たちということで、それがのちに一族の苗字となった」

苗字として名乗るとき、尼寺の伝承を鑑《かんが》みて「久巳世」という字に置き換えたのだろうという。一族の始まりとなった旅人と還俗した尼僧の夫婦は、山深い小さな集落の片隅でその日をやっと暮らしていくという生活だった。

「ところが、おとぎ話のようなことが起きたんだ。夫が何日も泊まりがけで炭焼きの仕事をしに出かけている間、女房一人のところにたまたま足を怪我した身分のある女性が通り、休ませてほしいと頼んできた。そこで彼女は女性を軒先で休ませてやり、喉《のど》を潤す水を与え怪我の手当てもしてやった。尼寺では薬草をつんで軟膏《なんこう》や薬丸などを作っていたというから、それを使ったんだろう」

軟膏で足の傷がみるみるよくなった女性は大いに喜び、礼に上等なかんざしを置いていった。女房がそれを売って銀貨に変えたところ思いがけない高値で売れた。二人はそれで牛を一頭買って畑を作り、せっせと働くうちにみるみるうちに暮らしは豊かになっていった。

「それが、『久巳世』の女は家に富をもたらすという謂《いわ》れの所以《ゆえん》のようだ。その後も代々あの土地で豪農として名前を残している。昭和の初期には石炭などの事業にも投資してさらに一財産築いたものの、戦後復興ののちの高度経済成長期にはすっかり取り残されていったという話だった」

「じゃ、母さんの血筋の者が富だけじゃなくて、周囲に不幸をもたらすという話は……」

「おそらく、戦後の地域の没落を見ていた者がそんな噂を立てただけじゃないか。それに尾ひれがついて、人々の口から口へと伝わり、やがてはそんな恐ろしげな伝説になってしまったんだろう」

実際、久巳世家が富を築いていくたびに周辺の家の者がたまたま病や事故で命を落としたり、なんらかの不幸な出来事に遭遇したことも事実らしい。ただ、それも当時の日常生活の中で起こり得ることばかりで、直接久巳世家の者がそれに関与したというわけではないのだ。

「すぐそばで富んでいくものを目の当たりにしていれば、周囲からやっかみの一つも出るのは仕方がない。資産家だった久巳《くま》世家だったが、女系ということもあり常に跡取り問題には悩まされてきたのも事実だ。そんな家が斜陽となれば、やはり不吉な家系だと騒ぎ立てる者もいたんだろう。なにしろ今の時代でも驚くほどの僻地《へきち》だ。時代を遡ればさもありなんというところかな」

「だったら、どうして藤村の家はあれほど母さんを冷遇したんだろう？」

操の知るかぎりでは、少なくとも母親が嫁いできて傾きかけていた藤村の家は持ち直したという事実がある。二束三文で売り払うしかない土地が、市町村の統合と隣町に新幹線の駅が誘致されたことで値段が跳ね上がったのは、母親が嫁いだ直後のことだったと聞いている。

偶然だったとしても噂どおりの嫁だと、もう少し大事にされてもよかったように思うのだが、そんな単純なものではないということだろうか。そもそも、そんな遠い土地からどうやって母親は藤村の家に嫁ぐことになったのか。考えてみれば、それも不思議といえば不思議な話だった。

「操のお母さんが藤村の家に嫁いできた事情までは詳しく調べることはできなかった。ただ、藤村の家に古くから出入りしている米の流通業者が、地方の資産家の娘が嫁入り先を探しているという話を持ちかけてきたらしい」

藤村の家は生業《なりわい》の一つに古くから米の卸売りがあって、それは今も叔母夫婦が継いで人にその経営を任せているはずだ。

「こうやって調べてみると、藤村の家と久巳世の家は似たところがあったんだろうな。戦前までは大いに栄えたものの、どちらも地域では特別な存在として見られているところがあって、なんと言うか……」

晃司が言葉を濁したので、操が苦笑を漏らして言った。

「地域からは忌み嫌われていたということ？」

「もちろん、さっきも言ったように妬《ねた》みからくる感情も多分にあると思う。特に、閉鎖的な地方ではありがちなことだ」

だから、特別気に病むことはないと晃司は慰めてくれる。久巳世のほうのことはわからないが、藤村の家は戦前、戦中に米やら金やらを困っている人に高い利息で貸していたりして、恨みを買ったことも多いという話だ。そういう家だから、近隣で嫁を見つけるのは難しい。操の父親はつき合っている女性がいたようだが、その人は祖父の眼鏡にはかなわなかったのだろう。

藤村の長男であるにもかかわらず、操の父親は家業を顧みず外に働きに出てしまったこともあり、祖父はそれ以上の気ままを認めなかった。そんな祖父が長男の嫁として決めたのが操の母親だったのだ。

「久巳世の女性が富をもたらすという噂は耳にしていたのかもしれない。けれど、そんなことより年齢的にも釣り合うし、藤村のことをよく知らない遠方から嫁をもらって跡取りを産んでもらい、さらには以前のような富まで舞い込んでくるならなおいいと思ったんだろうな」

「それで、互いに愛情もないのに父さんと母さんは結婚したんだ……」

両親の結婚が幸せなものではなかったことは子どもの頃からなんとなく気づいていたが、一度顔を合わせただけで結婚したというのだから、愛情など育ちようもなかったのだろう。

「藤村は嫁をもらってよかったかもしれないけれど、久巳世の家はどうするつもりだったんだろう。母さんは久巳世本家の一人娘だったんでしょう。婿養子を迎えられなくてもよかったのかな？」

それは晃司の話を聞いた操の素朴な疑問だった。すでに家系が途絶えているという久巳世家のことについて、どこまで調べることができたのかわからないが、少なくとも母親の代ではその土地にあったのだからそう遠い昔の話でもないはずだ。

「縁のあった尼寺はすでに更地の状態で、小さな案内の立て札が残っているだけだった。ただ、久巳世の家については覚えている人が周辺の村に残っていて、たずねて回ることができたんだ」

その人たちの話によると、もはや久巳世の家に婿養子に入る男は見つからないだろうと諦めていたようで、娘を嫁に出すことを決めた。ところが、久巳世の家もまたそれなりの算段があったようだ。

「あくまでも噂でしかない。それに現実に起こったことでもないから、あまり深刻に受けとめないでほしいんだが……」

そう断わった晃司が聞いてきた話によると、どうやら操の母親は嫁ぎ先で子どもを産んだら、その子を連れて久巳世に戻るつもりだったというのだ。要するに、婿養子がもらえないなら自ら嫁いで子ども授けてもらおうと考えたわけだ。

「じゃ、母さんがもし生きていたら、僕は藤村ではなく久巳世の家に連れられていって、そこで育てられていたかもしれないということ？」

「だが、操のお母さんはその前に残念なことになってしまった」

もし彼女が亡くなっていなければ、自分は母親の郷里へと連れられていって、晃司とも会えなかったということになる。けれど、母親が生きていれば少なくとも自分は藤村の家でここまで不遇の人生を送ることもなかっただろう。そのことを考えるとどちらがよかったのか、操にはよくわからなくなる。

「操のお母さんが藤村の家で辛い思いをしていたという話は以前に聞いた。もちろん、愛情のない結婚だったからお父さんとの仲もうまくはいってなかったんだろう」

だが、晃司の推察では母親が藤村の家で冷たい仕打ちを受けるようになったのは、父親との離婚を申し出たからではないかという。父親に愛人がいることは半ば周知の事実で、それを理由に離婚の申し立てをし、条件として彼女は操の親権を望んだのだろう。

「藤村にしてもようやくできた跡取りだ。操を絶対に手放すわけにはいかない。なのに、久巳世が最初からそんな目論見《もくろみ》を持っていたと知って、お爺さんもさぞかし腹を立てたんだろう。当然ながら、お母さんへの風当たりはますますきついものになったんじゃないかな。そして、やがて体を病んで……」

ベッドに座ってじっと晃司の話を聞いていた操だが、そこで大きく肩で息をした。そして、自分の両手で頭を押さえる。そんな様子を見て、心配した晃司が向かいの椅子から操の隣へと移動してきて腰かける。

「大丈夫か？　いきなり聞かされても困ることばかりだと思う。でも、とにかく知ってほしいのは、世間が言っていることや操が信じてきた『憑きもの筋』の話は、すべて迷信でしかないということなんだ」

肩に手を回してきた晃司は自分がしらべてきた久巳世と藤村についてすべて語り終えると、操をしっかりと自分の胸へ抱き寄せてそう言う。彼の言葉を信じたいけれど、どうしても操には納得できないことがあるのだ。

「で、でも、だったら、どうして僕は誰にも愛されなかったんだろう？」

母親が死んでからというもの、操は家族の誰からも愛されたという思いがない。父はますます家を顧みなくなっていたし、祖父は操を禍々しい存在のように藤村の家に閉じ込めておこうとした。そして、今でもそんな祖父の意志を継ぐように、叔母夫婦は操をこの療養所に閉じ込めている。

「俺がいるよ。操には俺がいるだろう」

「晃司……」

「亡くなった人に問いかけるのはやめよう。操はもっと前を見ていくべきなんだ。担当医に確認したら、落ち着いた生活さえしていれば退院しても問題ないと言っていたよ。失われた記憶を無理やり取り戻そうとしなければいい。人には忘れてしまってもいいことがある。誰もが辛い記憶や悲しい記憶を心の奥底に封じ込めて日常を暮らしている。記憶が欠けていることをそんなに恐れることはないんだ」

「でも、僕の失われた記憶は……」

誰かを傷つけた記憶かもしれない。それどころか、誰かを死に至らしめた記憶かもしれないのだ。それを忘れて普通の生活に戻ることが本当にできるのだろうか。もし戻ったとして、また日常の中で自分が意識しないうちに周囲に災厄を撒き散らしてしまうかもしれない。

晃司がどんなにすべては偶然であり、迷信でしかないと言ってくれても、操もまたこの数日の間に思い出したことがある。晃司が操をここから出すため彼自身の時間や労力を割いてくれているのだから、自分でもできることをしなければならないと思い、懸命に思い出そうとしたのだ。

祖父の死についてはどうしてもその全容を思い出すことはできない。思い出そうとすればするほど、あのときのことは霞がかかったように記憶の奥深くに沈んでいってしまう。手を伸ばしてそれをつかみ上げようとすると、反対に闇の中へと引きずり込まれそうになって、操は途端に恐怖で呼吸さえできなくなってしまうのだ。

それでも、明確になった記憶もいくつかあった。どれも操にとっては苦い記憶ばかりだった。小学校の頃から、操をからかったり虐めたりした者がきまって怪我をする。それがだんだん偶然とは思えない頻度になっていき、やがて誰もが不気味がって自分に近寄らなくなっていった。

「たとえ偶然や迷信だとしても、僕の周囲では人がたくさん傷ついている。死んでしまった人がいるのも事実なんだ」

操はこの間の夢をきっかけに思い出した子どもの頃のことを、あらためて晃司に語って聞かせた。どれも些細《ささい》なことに聞こえるかもしれないが、それが何度も度重なっていったことを考えると操自身も自分という存在が怖くなっていった。

それればかりではない。藤村の家で起きた不幸も、母親の死を除いてはどれもこれもが操の負の気持ちに連動していたような気がするのだ。義叔父の事故、父親の愛人だった女性の変死と父親の失踪《しっそう》。そして、祖父の死と藤村家が途絶えようとしている現状までが自分の引き起こした災厄ではないのか。

まるで久巳世を存続させられなかった母親の恨みが操に乗り移り、藤村を道連れにしているような気がして仕方がないのだ。

「藤村の人間は僕の後ろに死んだ母さんの姿を見ていたのかもしれない。だから、僕に対しても愛情を抱くことができなかったんだ」

それはあながち妄想ではないと思うのは、藤村の家にいて操はときおり自分の意識が定かでなくなることがあったからだ。確かに自分はそこにいて障子一枚隔てたところにいる人の話が耳に入っているにもかかわらず、予測しない行動をとってしまうことがあった。たいていは叔母夫婦や家政婦が操のことを話しているようなときだ。もちろん、それがいい話であるときはない。

そんなとき、気まずさを覚えてこっそりと自分の部屋に戻ろうと思っているのに、別の自分が勝手に障子を開けてそこに出て行く。なぜと自分に問いかけるけれど、答えが返ってくることはなかった。

「操、違う。そんなことはあり得ないんだよ。いいかい。落ち着いてよく考えるんだ。人は目に見えるものだけを信じればいい。聞こえる声だけを聞けばいい。そうでないものはすべてまやかしだと思えばいい」

そう言うと、晃司は操の両肩に手を置いて自分のほうへと向かせる。

「俺を見てごらん。今、操の目の前にいるだろう」

そして、視線を合わせたあと両手で操の体をしっかりと抱き寄せて、一度額に唇を押しつける。

「ほら、ちゃんと温《ぬく》もりも感じるだろう。こうして操を抱いている。俺は現実だ。操の手紙を受けとって、会いたくてやってきたんだ。過去はいらない。これからのことを考えよう。二人で生きていく未来のことだ。操は藤村の呪縛《じゅばく》から解放されてもいいんだ。俺と一緒に生きていく未来のことだけを考えてくれ」

晃司は操を抱き締めたまま、大きな手で頭を撫《な》でては頬に唇を寄せてくる。彼の吐息がかかるたび、操の心を取り囲んでいる強固な壁が少しずつ崩れ落ちていきそうになる。けれど、晃司の温もりを感じるほどに、操はやっぱり自分が怖くなる。いつか愛する人を傷つけてしまうのではないかという危惧《きぐ》を捨てきれず、晃司の言うように未来への一歩が踏み出せないのだ。

「ごめんなさい。僕にはどうしてもできない。だって、このままじゃ怖い」

過去を思い出せないままでは、いつ晃司を傷つけてしまうかわからない。それだけは何があってもしたくない。

「無意識のうちに人を嫌ったり憎んだりした気持ちが、そんなふうによくないことを引き起こしているとしたら、僕はやっぱりここを出て行くことはできない。もう誰も傷つけたくないし、万一晃司のことを傷つけたりしたら、僕は……」

どれほど後悔してもし足りないだろう。それどころか、自分が生きていることさえ許せな

くなる。そう思った操は晃司の体から自らを引き離し、ベッドを立ってドアのそばまで行くと振り返る。

「僕は『憑きもの筋』の人間だ。母さんの血を受けついでいる。晃司にもし富をもたらしたとしても、きっと同時に災いを、今度は崎原の家に撒き散らすかもしれない」

自分で言いながら、操は恐怖に背筋を震わせていた。晃司はベッドに座ったまま頬を引きつらせてこちらを見ている。気持ちはわかる。晃司のみならず崎原の家と言われれば彼もまた新たな不安に襲われても仕方がないだろう。だが、晃司はその場で立ち上がると、操に向かって手を差し伸べる。そして、真っ直《ま》《す》ぐにこちらを見つめて言った。

「だったら、それも全部背負ってもいい。俺の責任で崎原は説得するし、俺が何に代えても崎原を守るから、操は何も心配しなくていい」

「そ、そんなこと……」

できるのかと問いかけるよりも先に、真剣な表情の晃司が操にある提案を持ちかけた。

「どうしても過去を切り捨てることができないというなら、それを乗り越えるために操にやってもらいたいことがあるんだ」

「僕に、やってもらいたいこと？」

「さっき操の担当医とも相談してきた。操はずっと拒んできたみたいだけど、一度受けてみてほしいんだ」

「それって、もしかして……」

「そう。催眠療法だ。過去を切り捨ててやり直すことができないというなら、きちんと清算するしかない。そのためには催眠療法しかないと思うんだ」

「で、でも……」

その提案は担当医からも何度か受けていた。だが、操は不安から受け入れることができずにいた。もし、それによって自分がこの手で祖父の命を絶っていたとわかったら裁かれる身になるかもしれない。それならいっそそのほうがいいと思うこともあった。でも、晃司が会いにきてくれたことで操の心はまた揺れている。

自分の手が汚れていたとしても、晃司は優しい笑顔で操を受け入れてくれるのだろうか。藤村の人間や町の人たちが自分を見ていたような目になるのではないだろうか。

「俺は操をずっとこのままにしておきたくはない。この歳になるまで心奪われる人に出会うことがなかった。それは俺の心の中にいつも操の存在があったからだ」

「僕だって、一日たりとも晃司のことを忘れたことはないよ」

祖父の死後、病院に救急搬送されたのち、ようやく目覚めたときでさえ最初に脳裏に浮かんだのは晃司のことだった。

「だったら、俺のために頑張ってくれないか？　ここから出て、二人で暮らそう。あのセントポーリアの鉢を、ここではなくて二人の部屋に飾ろう」

晃司の言葉が操に未来を描かせてくれる。もしかしたら、本当にそんな甘い夢が叶うかもしれない。

「二人で暮らす部屋……」

「そうだよ。操はここを出て俺と一緒に暮らすんだ。もうどこへも行かせない。ずっと二人きりで暮らそう」

魅惑的な言葉に心が揺れる。もうずいぶんと長くここにいた。そろそろ出て行かなければいけないときかもしれない。怯《おび》えから逃げ続けてきた自分を迎えにきてくれた晃司がいて、彼は外の世界へ一緒に行こうと誘ってくれる。

十年前に果たせなかった約束を守り、今度こそ夢を叶えたい。そう思った操は晃司の目をじっと見つめ、唇を嚙《か》み締めると頷いた。

「晃司と暮らせるなら、僕はやってみるよ……」

震える声でそう言った。晃司が優しく微笑んでくれたとき、操はあのトンネルの向こうへと飛んでいく自らの姿を思い描いているのだった。

◆◆

「気持ちを楽にして。大丈夫ですよ。何かあればすぐに催眠を解きます。ゆっくりと忘れてしまった部分を取り戻していきましょう。すべてがわかったとき、きっと藤村さんはすっきりとして新しい人生を歩む気持ちになれるはずです」

この療養所に入ってからずっと操の担当をしている心療内科医が言う。彼のことは信頼している。操のいやがる治療を無理に勧めることもなく、気長に精神療養につき合ってくれていた。そんな彼から過去に催眠療法を勧められたこともあったが、それだけは操が頑なに拒んできた。自分がなくした記憶について、受けとめる覚悟がどうしてもできなかったから。

それをしたからといって、ここから出てどうなるでもない。藤村の家はもはや誰もいないし、自分を温かく迎えてくれる人もいない。だったら、この人里から離れた場所でひっそりと生きていけばいい。自分のせいで誰も傷つけたくないから、このままでいいと思っていた。

でも、今は違う。操のそばには晃司がいる。そして、彼は過去を清算しここを出て一緒に暮らそうと言ってくれた。そんな晃司の気持ちに応えるためにも、操は本気で過去と向き合う覚悟を決めていた。

（そうしなければ、僕は一生この場所から出ることができないもの……）

ずっと外の世界に憧れていた。あの屋敷ではないどこか、あの町ではない遠く、そしてこの療養所ではない自由な場所へ行ってみたい。それが操の心にあった切実な思い。晃司がそばにいてくれる今それを叶えられないなら、自分は一生どこへ行くこともできないだろう。

「操、大丈夫だ。俺はここにいるよ。何があっても操のそばにいるからな」

晃司が治療を始める前に、そう言って両手をしっかりと握ってくれた。操も強く頷いて、自分に迷いがない意思を示す。すると、担当医が晃司と入れ替わるように自分の目の前にきて手のひらをかざす。

「では始めましょうか。呼吸を楽にして、この指先を見つめていてください。ゆっくりと右へ動きますよ。視線で追ってみてください。はい、今度は左です。いいですよ。それでは……」

医師の言葉を聞きながら視線を動かしていると、そのうち意識が軽く遠のいていく。

「そのまま瞼《まぶた》の重みを感じたら目を閉じて……」

言われたとおり目を閉じて、遠くから微《かす》かに響いてくる声に耳を傾ける。その声は操が子どもになって一番楽しかったときに戻るように言う。

（一番楽しかったとき……）

操は迷わずあのときのあの場所に戻っていった。

「晃司くんとキャンプ……。ハイキングして、テントを張って一緒に寝た……」

晃司と出会ってからの日々は退屈と寂しさに満ちた操の人生の中で、いくらか幸せと呼べる時代だった。学校帰りには二人きりで遊んだ。学校が変わってからも神社で待ち合わせたり、ときには彼の家に遊びに行ったりもした。

　そんな楽しい思い出を語っていたら、遠くからもう少し小さい頃に戻ってみようと言われた。それはいやだと思った。晃司に出会う前にはとても悲しいことがあったから。

『とても悲しいこと？　それはどんなことかな？　大丈夫だよ。怖いことはないよ。何かあれば必ず助けるよ。だから、勇気を出してごらん』

　問いかける声が優しく操を励ましてくれるので、目を閉じたまま脳裏の奥底から懸命に記憶を引き出そうとした。すると、あのときの衝撃的な光景が目の前に浮かんできた。

「それは母さんが……」

『お母さんがどうしましたか？』

「母さんが死んでいたの」

『病気だったんだね？』

　操は小さく首を横に振った。思い出した目の前にある光景は、布団に横になった母親の姿ではない。

「母さんはぶら下がっていたんだ」

『ぶら下がって？　どういう意味かな？』

　学校から帰ってきて、ランドセルを背負ったまま操はいつものように母親の部屋に行った。祖父の部屋に帰宅を告げに行く前に、母親の顔を見るのが習慣になっていたからだ。でも、あの日、母親に会いに部屋に行くと、彼女は鴨居《かもい》からぶら下がっていた。首を吊っていたのだ。

「母さんは僕を置いて逝《い》ってしまったんだ。それから、僕はあの家で一人ぼっちになってしまった……」

操の記憶にある母親はいつも思いつめた顔をしていて、操が話しかけると悲しそうな笑顔で答えてくれる。そして、自分が藤村の家を出るときは操も一緒にきてほしいと言っていた。家を出てどこへ行くのと問いかけると、ずっと遠いところに母親の生まれ育った家があるからそこへ行こうと言っていた。

『そこがどこか聞いていたのかい？』

「知らない。母さんは教えてくれなかった。でも、僕はどこへだって母さんと一緒に行きたいと思っていたのに……」

母親は一人で逝ってしまったのだ。そのときの胸が潰《つぶ》れそうになる痛みを思い出し、操のきつく閉じている目から涙がこぼれ落ちる。頬が冷たくて、震える唇を嚙み締める。すると、遠くの声が言った。

『それが辛かったんだね。でも、もういいんだよ。何も隠しておく必要はない』

「そうなの？　自分で死んでしまって、母さん、可哀想《かわいそう》……。可哀想な母さん……」

操はようやく母親の死の真相を人に話せて、少しだけ心が軽くなるのを感じていた。

『そうだね。可哀想だったね。でも、君は藤村の家に残ったんだね？　そして、晃司くんに出会った』

「うん。嬉しかった。初めての友達。初めて好きになった人だから……」

『そして、キャンプに行ったんだね？』

さっきの一番楽しい思い出に戻ってきて、操は自分の頬が緩むのを感じていた。

『他にどんな楽しいことがあったの？』

「いろいろ、いっぱい……」

『たとえば？』

「いろいろ、いっぱい……」

晃司とのことは二人だけの秘密だから、どんなに優しい問いかけでも教えてあげない。だから、操は同じ言葉を繰り返した。

『そうか。それで晃司くんと何か約束したんだよね？』

「したよ。一緒に東京へ出て暮らす約束をした」

それは、一緒に出かけたキャンプ以上に嬉しい誘いだった。ただ、その夢は叶わなかっただけ。

『彼は東京で待っていたと言っていたよ。どうして君は東京へ行かなかったのかな？』

「行けなかったんだ」

『どうして?』

「それは、お爺さんが病気になったから……」

『そうなのかな?　でも、お爺さんはもうずっと体調を崩していたはずだよ』

遠くの声がそう言ったので、操はゆっくりとその当時のことを思い出そうとする。本当は思い出したくない。そんな気持ちが自分の中にあって、このまま曖昧にしておきたいと思っている。でも、遠くから響く声がもう一度操に確認する。

『お爺さんはずっと床についていたんだよ。でも、容態が急変したんじゃないのかい?』

「そ、そうかもしれない……」

『そうなんだよ。君はそのときどこにいたのかな?』

「僕は、僕は自分の部屋にいた」

それは間違いない。そして、家政婦の森田《もりた》が呼びにきた。操の部屋のドアが激しく叩かれて、祖父の状態がおかしいと言っていた。驚いた操は部屋を飛び出してすぐに祖父の部屋に行った。彼は胸をかきむしりながら荒い呼吸を繰り返していた。

『家政婦の人が救急車を呼びに行ったんだね?　叔母さんたちも駆けつけてきたんだろう?』

操はガクガクと首を縦に振る。確かにそうだった。でも、それからのことはわからない。思い出したくない。思い出したら操の心が壊れてしまうから。

「知らない、知らない……。それからは知らない。お爺さんは死んでしまったんだ。苦しんで死んでしまった」

『そうだね。君のお爺さんは心筋梗塞《しんきんこうそく》で亡くなったんだ。ただ、亡くなる前に君に何か言ったんじゃないか？』

「僕に何か……？」

　操は遠い日の祖父の姿を思い出す。老齢になって頬がこけ目がくぼんでも、見るからに厳格そうな眉間《みけん》の皺《しわ》やへの字の口元、眼光の鋭さはいつだって操には恐ろしく映っていた。それでも、反対を押し切って大学受験を機に晃司と一緒に東京に出ると決めていた。だから、操はあのときも勇気を振り絞ってそのことを伝えようとした。嘘をついて出かけるよりは、ちゃんと話しておいたほうがいいと思ったのだ。

　本当なら意識がはっきりしている状態で話すべきだったと思う。けれど、あのときはそんなことにかまっている余裕はなかった。

「違うよ。僕がお爺さんに言わなければならなかったんだ。東京へ行きたいって。反対されてももう行くと決めたんだって……」

『そう言ったのかい？』

　そう言うつもりだった。けれど、どうだっただろう。あのとき、苦しげな祖父のそばに駆け寄って、操は何度か声をかけたはずだ。背後では家政婦の森田が怯えたように息を呑んで、悲鳴を上げていたがそんなことはどうでもよかった。

「僕は言おうとしたんだ。お爺さんの耳元で……」

東京の大学へ行くつもりだと言おうとしたとき、森田が廊下の足音を聞いて外に飛び出していった。廊下からは叔母夫婦の声がしていた。何があったんだとたずねる義叔父の声と、操の父親を呼んでとヒステリックに叫ぶ叔母の声がしていた。森田が懸命に何かを言おうとしていたが、それより先に叔母が部屋に駆け込んできた。

『部屋には他に誰がいたか覚えているかい？』

操はきつく目を閉じたまま、背もたれを倒して座っている椅子の上で微かに身を捩《よじ》る。曖昧になっていた記憶がじょじょに呼び覚まされる。あのとき部屋にいたのは操と叔母夫婦と森田だけだった。しばらくして救急車を呼んだもう一人の家政婦の笹野《ささの》が戻ってきたはずだ。

『そうだね。皆があの部屋にいたんだ。そこで何が起こったのか覚えているかな？』

あのとき、何が起こったのか。操は東京行きを祖父の意識があるうちに伝えようとして、寝床のすぐそばまで行き身を屈めた。そして、胸を押さえている祖父の耳元で言ったのだ。

『君はお爺さんの耳元で、東京へ行くと言ったんだね？』

「そう、僕は言ったんだ」

『そうしたら、どうなったんだい？』

そうしたら、どうなったんだろう。何かとてもいやなことがあった気がする。ずっと忘れていたことだ。思い出そうとすると胸が苦しくなって、呼吸ができなくなる。目の前の景色が歪《ゆが》み足元が崩れて、操はその場に立っていられなくなる。

「あっ、ああ……っ、あのとき、僕は、僕は……」

このときもまた胸が苦しくなるのを感じて、操は何度も大きく体をのけ反らせる。胸の上で組んでいた両手が解けて、その手で自分の顔を覆う。手のひらにあたる呼吸が速い。なのに、吸い込んでも吸い込んでも酸素が肺に届かないような気がしてひどく苦しい。

『落ち着いて。何も怖がらなくていい。君は無事だったんだからね。ただ、何があったか思い出してみるだけだ』

「で、でも、思い出したら怖いことが起こる……。僕はいやだ。いやなんだ……っ」

『大丈夫だよ。じゃ、こう考えればいい。これは結果のわかっているゲームなんだよ。少しハラハラするようなことがあっても心配ない。君は負けなかった。君はゲームに勝ったんだ。だから、こうして生きているんだよ。それさえ知っていれば何も恐れることはないだろう?』

「僕は生きている……」

『そうだよ。忘れようとしなくても、君はちゃんと生きている。怖がらずに何があったか思い出してごらん。それはもう君を苦しめることではないんだ』

「ほ、本当に……?」

『本当だよ。もう長い年月が過ぎているんだ。君は解放されてもいいんだよ。誰も君を責めたりはしない。誰も君を傷つけたりしないんだ。ゲームは君が勝ってとっくに終わっているんだからね』

「僕が勝って終わった……」

操は遠くの声を復唱してから、大きく深呼吸をする。そして、記憶の奥底に封印していたあの日、あのときのことをゆっくりと呼び起こしていく。

『怖くないよ。君のそばには大切な友人もいるよ。だから、もう少し勇気を出してごらん』

遠くの声がそう言うと、再び胸の上で組んでいた手に誰かの手が触れるのがわかった。優しくて心地のいい感触。人との接触が極端に少なかった操にとって、唯一よく知るその温もりは間違いなく晃司のものだ。

「晃司……」

子どもの頃の楽しかった記憶から母親の死へと飛んで、また晃司との幸せな時代を通り過ぎてきた。今、自分の目の前にあるのは祖父の臨終のあの場面だった。

「あ、あのとき、僕はお爺さんの耳元で言った。僕は東京へ行くって。晃司が待っているから、藤村を出るって……」

『そう。君はそう言ったんだね。それでお爺さんはなんて答えたのかな?』

「お、お爺さんは……、お爺さんは……」

操が記憶をたどりながら呟いていると、突然脳裏にしわがれた声が被《かぶ》さってくる。

〈うあああ――――っ。お、お、おまえはぁ――――っ〉

ゼェゼェと苦しそうな息をしながら絶叫とともに操の目の前に迫ってくる祖父の姿があって、思わず両手で自分の顔を覆い悲鳴を上げる。

「いやぁ――っ。こないで……っ」

『落ち着いて。誰も君を傷つけたりしないよ。それはすべて過去の記憶だ。恐れることはないんだ』

「で、でも、お爺さんが……っ、お爺さんが僕の……っ」

『お爺さんがどうしたんだい？』

操は頭を何度も横に振ってから、自分の首に両手を移動させる。そこに絡みつく何かを懸命に引き剝《は》がそうと指を立てては喉をかきむしる。

『両手から力を抜いてごらん。大丈夫だ。君の首には何もないよ。だから、ゆっくりと大きく呼吸をして……』

「で、でも、お爺さんが僕の首を絞めるんだ。僕を藤村から出さないって……。僕は災いを撒き散らすから、お爺さんが一緒に連れていくって……」

いきなりカッと目を見開いた祖父は般若《はんにゃ》のような形相で叫び、断末魔の力を振り絞って上半身を起こした。そして、いきなり操の首に両手を回してきたのだ。何かに取り憑かれたかのように見開いた目は、怯えとも憎しみともわからないぎらつきとともに操を睨《にら》みつけていた。

「苦しい……っ。苦しいっ。やめてっ。やめて……っ」

操は両手で目の前の宙を力のこもらない拳《こぶし》で叩く。そこに祖父がいる気がして、自分の首を絞めるその痩《や》せこけた体を懸命に引き離そうとする。

このままでは殺される。あのときと同じ恐怖が襲いかかってくる。死んだらもう晃司とは会えなくなる。一緒に東京で暮らして新しい人生を始めるつもりだったのに、何もかもがおしまいになってしまう。

(いやだっ。そんなのはいやだ……っ。僕は晃司のところへ行きたい。晃司と一緒にいたいんだ……っ)

心で強くそう願った操は、自分の首を絞めつける祖父に向かって怒鳴る。

「いやだっ。僕は逝かない。逝くなら一人で逝ってよ……っ」

『そこまででいい。さぁ、戻ってきてごらん。耳元で音が鳴ると君は目を覚ますんだ』

遠くの声がそう言うのが聞こえた次の瞬間だった。耳元でパチンと指を鳴らす音がして、操はハッとしたように目を開く。

「うわぁ――――っ」

同時に悲鳴を上げて、体を寝かせていたリクライニングチェアの背もたれから跳ね起きる。

「操っ、落ち着いて。大丈夫だ。もう、戻ってきたんだ」

さっきまでとは違う声が操にそう呼びかける。懐かしくて温かい声。それが晃司の声だと気づいて、操は彼の声のする右側に顔を傾ける。すると、そこには心配そうにこちらをのぞき込む晃司の顔があった。

「こ、晃司……」

「そうだよ。俺だよ」

「あっ、ぼ、僕は、あのとき……」

さっき呼び戻した記憶に操の胸は激しく波打っていた。荒い呼吸と額に浮かぶ汗を感じながら、操は恐る恐る晃司に問いかける。すると、彼は操に向かって強く頷いて、両手で肩を抱いてくれる。

「これでわかっただろう。操は何も悪くないんだよ。災厄をばら撒くなんてあるわけがないんだ。操はむしろ被害者だったんだから」

抱き締めたまま耳元でそう言う晃司に、操はぼんやりと言葉を繰り返す。

「被害者だった……」

「そうだよ。お爺さんを殺したなんていうのは誤った思い込みだ。君は何もしていない。それどころか死の間際に錯乱したお爺さんに首を絞められて、生死の境をさまよったんだ。そのときの恐怖から、君は過去の辛い記憶をすべて封じ込めてしまった。母親の自殺という真実も含めてすべてだ」

操が催眠状態で辿った過去の記憶を言葉にして、晃司はゆっくり体を引き離しもう一度視線を合わせる。

「ぼ、僕は……ずっと忘れていた。思い出すのが怖くて忘れたままでいようとしていた……」

それは祖父の死に自分がかかわっていたという不安があったから。この手で祖父を死に至らしめたのではないにしても、彼を錯乱させるようなことをしたのではないかという恐怖がずっと胸の奥に巣くっていた。だが、そうではなかった。

「僕は晃司と一緒に東京へ行くと言ったんだ……」

「でも、それを責める権利は誰にもない。お爺さんがどんな妄想に取りつかれていたのかわからないが、それはあくまでも妄想でしかない。操を藤村の家に閉じ込めておくことなど誰にもできない。操はいつだって自由になれたんだよ」

「僕は自由……」

「そうだ。自由だ。操はもう解放されていいんだ。お爺さんの死からも、そしてお母さんの死からもだ。長い間本当のことが言えなくて辛かったんだろう」

操は大きく呼吸をした途端、わっと涙が溢れてくるのを感じた。祖父の死は操にとっては思い出すことが恐怖だった。だが、母親の死もまた操はずっとその真実を心の中に秘めていた。

小学校から帰宅して見たあの光景は、子どもの操の心にはあまりにも衝撃的だった。泣き喚《わめ》いて母親にとり縋《すが》っていたら家政婦が駆けつけてきて、操を抱きかかえるようにして自室に連れていき、それから丸一日は部屋から出ることを許されなかった。

慌ただしく大人たちが家の中を行き来している物音を聞きながら、操は自分の心が小さく閉じていくのを感じていた。とてもよくないことが起こった。とても悲しいことが起こった。でも、どうしたらいいのかわからない。

部屋で膝を抱えて泣いていると、翌日になって家政婦が操に黒い洋服を着せて母親の棺《ひつぎ》の前へ連れていった。母親の葬儀は身内による密葬となり、祖父がそこにいる親族に向かって言ったのだ。

『幸《みゆき》は病をこじらせて死んだ。体の弱い女だったからな。仕方があるまい』

その表情は能面のように冷たく感情がなかったのを覚えている。そして、操もまた自分の心にそれが真実であるかのように言い聞かせ、自ら記憶をすり替えた。

真実から目を背けなければ自分自身を保てなかったのかもしれない。子どもなりの知恵で己を偽り続けることを身につけたのだろう。いつしか操もまた感情を忘れた能面のような表情になっていった。けれど、どうすることもできなかった。そうやって藤村の家で生きていくしか術《すべ》はなかったのだから。

母親の自殺に義叔父の事故、父親の愛人の不審死と老いていたとはいえ祖父の急死など不吉なことばかりが続き、それらは操の心にどんどんと重くのしかかっていった。自分を取り巻く人たちがまるで呪《のろ》われたように不幸に見舞われる。そうやって考えると、叔母の不妊症までがそんな負の連鎖の一つに思われて、すべては自分のせいだと思うようになっていた。

祖父がよく口にしていた「憑きもの筋」という言葉が、呪文のように操の心に刷り込まれていき、やがてその筋の母親から生まれた子だから、藤村の家に不幸を撒き散らしているのだと思い込むようになったのかもしれない。

「死んでもなお操を藤村に縛りつけておこうとした、お爺さんの執念にとらわれていただけだ。でも、操はもう解放されたんだよ」

晃司がそう言って、泣き崩れた操の背中を優しく撫でてくれる。担当医も操のそばに立ち、どこか晴れやかな口調で声をかけてくれる。

「崎原先生の言うとおりですよ。あなたは勇気を出して過去と向き合った。もう大丈夫です。乗り越えられるはずです。支えてくれる人もいるんですからね」

操は顔を上げて晃司の顔を見つめる。晃司は何度も頷いて、もう何も心配することないと微笑みかけてくれる。長い年月だった。ずっと心の奥に閉じ込められていた本当の自分が、ようやく外に出ることができたような気がする。

そして、この療養所からも出て行くことができるのだ。あのトンネルの向こうへ行くことができる。そう思うと操はまた嬉しくて涙を溢れさせるのだった。

心の闇が解明したからといって、すぐに療養所を退院することはできなかった。

「とにかく、リハビリだ。体力をしっかりつけて、あとは少しずつ町に出て感覚を取り戻そう」

晃司はそう言って、一人で先に東京へ戻っていった。二人で暮らす部屋を探し、新しい職場を決めるためだった。そして、今度迎えにくるときは操をここから連れて出るときだと言ってくれた。

操は療養所の中で少しずつ運動量を増やし、週に何度か介護の人につき添ってもらい町に出ている。町中の生活は久しぶりなので、まずは人の多さに慣れなければならなかった。他にも慣れなければならないことはたくさんあった。

静かな森の中の療養所で生活をしていたので、車や店の騒音が思いがけなく大きく感じられて驚かされることもある。また、無機質で人工的な建物の中にいると落ち着かないし、雨の日に外に出ることはなかったので傘をさして歩くだけでもけっこう神経を使う。

まだ二十七歳だというのに、自分がどれだけ世捨て人のような暮らしをしていたのかと呆《あき》れてしまうくらいだった。けれど、これからはそういう当たり前を一つ一つ取り戻していくつもりだ。

操の療養所からの退院については、叔母夫婦から何度も医師に相談があった。本当に社会生活ができるのかという点を確認していたようだが、それについては担当医が問題ないと彼らを説得してくれた。

だが、叔母夫婦が最終的にそれを承諾したのは、操の意思を無視するわけにはいかないという他に、晃司が操の後見人となって、生活全般の面倒を見ると約束したからだ。

町に戻ってきて藤村の人間として暮らすというなら、きっと彼らは絶対に操の退院を認めなかっただろう。彼らにとって操は今もなお「藤村の疫病神《やくびょうがみ》」で、「憑きもの筋の女が産んだ子ども」なのだ。

もちろん、あの町に戻ることは操自身も望んでいない。けれど、東京という見知らぬ土地での生活に不安がないわけではない。あの町よりもずっと大きくて人が多い場所だ。操のような世間知らずが暮らせるかどうかもわからない。

それに、操は晃司と違って仕事らしい仕事ができない。ただ、その点についてだけは藤村という家に生まれたことで案じる必要がなかった。祖父が残した遺産は父親が失踪した現在叔母夫婦の管理下にあるが、土地やマンション、ビジネスの権利など諸々《もろもろ》を含めてその三分の二は操に相続の権利がある。

あるいは、これこそが叔母夫婦が操を療養所に閉じ込めておきたいと企《たくら》む主な理由だったのだろう。操が今後もずっと療養所生活を続けていて財産管理をする能力がないとなれば、自動的に藤村のすべての財産は叔母夫婦のものになるはずだったのだから。

だが、操は自分の意思で療養所を出ることを決意し、医者もそれについて許可を出したのだ。社会復帰するにあたって、弁護士が正式に相続の手続きを行ってくれたので当面生活に困ることはないし、マンションや土地の賃貸収入が自動的に操の口座に入るようにしてくれている。

療養所の生活もあと少しだと思うと、なんだか感慨深いものがある。好きで入っていた場所ではないけれど、少なくともここにいる間は誰からも虐められず、穢れたものを見るような目を向けられることはなかった。そういう意味では平和な暮らしだったのだ。

その日、介護士が運転する車で町から戻ってきた操はあのトンネルを抜けたところで、バス停のベンチに座っている男性の姿を見た。いつものように親族がやってくるのを待っている斉藤老人だ。

「ここで停めてください。ここからは歩いて帰ります」

介護士はベンチの人物を見て、事情を察したように操をそこで降ろしてくれる。

「じゃ、気をつけて。一足先に戻っていますからね。何かあったら電話してください」

ここからなら以前の体力のない操でも、よく斉藤老人とともに歩いて療養所に戻っていたから大丈夫だ。操はバス停のベンチまで行くと彼の隣に座って声をかける。

「今日も待っているんですね。僕はトンネルの向こうへ行ってきましたよ。もうすぐここを出るんです」

　操がそう言っても反応はない。ただ、バスのやってくる方角をじっと見つめているだけだ。そして、ゆっくりとトンネルのほうを指差した。

「ヘビ……、ヘビのトンネル……。ヘビがくる。白いヘビが……」

　蛇のトンネルのことなら以前にも言っていた。だが、白い蛇というのを彼が口にするのは初めて聞いた。それは操にとってはけっしていい響きではなくて、どうして急にそんなことを言うのだろうと少し不愉快な気持ちになった。

「トンネルの名前なら『蛇骨トンネル』ですよ。白い蛇はきません。くるとしたらご家族のかたですよ」

　いつものような優しい口調ではなく、今日はきっぱりとそう言って聞かせた。だが、斉藤老人は小さく首を横に振っていたかと思うと、ぶるぶると小刻みに手を震わせる。

「家族はこない……。くるのは蛇だ。いや、それはもうきているんだ……」

　滅多に口を開くことのない彼が、今日にかぎってはっきりと話しているのが奇妙だった。操はなんとなく落ち着かない気持ちになって、斉藤老人の細い肩に手を置いた。

「大丈夫ですか？　さぁ、そろそろ戻りましょう。今日の最後のバスの時間はもう過ぎていますよ」

操がそう言ってベンチから立ち上がるように促すと、彼はその手を振り払い低い呻《うめ》き声を漏らす。どこか具合でも悪いのだろうか。だったら、操一人の手には負えないので電話をして誰かを呼んだほうがいいかもしれない。そう思ってもう一度彼に声をかけたときだった。

「斉藤さ……ん」

名前を呼んだ瞬間、彼は何かに弾《はじ》かれたように顔を上げてカッと見開いた目で操を睨みつける。

（え……っ？）

操の頬が強張《こわば》ったのは、斉藤老人の顔が彼の顔ではなかったから。

「お、お爺さん……？」

それは亡くなった祖父の顔にそっくりだった。それも、あの病床の断末魔に目を見開き、恐ろしい叫び声を上げて操に飛びかかってきたときの形相そのものだったのだ。

「おまえは白蛇だっ。災厄をばら撒きに生まれてきたのだろう。ここを出て行ってどうするつもりだ？　今度は誰を喰《く》らい殺すつもりだ？　この憑きもの筋の化け物がっ」

おぞましい言葉を吐きかけながら、斉藤老人が操の首に両手を回してくる。一瞬、強烈なフラッシュバックが起こって操はその場から動けなくなる。細い枯れ枝のような両手が操の首に巻きついてきて、折れそうな指でグイグイと喉を締めつけてくる。

その力は驚くほど強くて、体力を取り戻してきた操でも容易に解くことはできなかった。

操の背筋に恐怖が走る。あのときと同じで、自分はまた連れていかれようとしているのだろうか。

祖父はあの世から蘇ってまで、操をこの世に残していてはいけないと思っているのかもしれない。どれほどの執念かと思うと、操はまたしてもその力に呑み込まれてしまいそうになる。

（いやだ……っ。僕は晃司と一緒に暮らすんだ。もうここにはいない。もう誰にも縛られない。僕は自由だ……っ）

操は懸命に抵抗する。けれど、首に喰い込む指に呼吸が止まり、大きく開いた口からは舌が出る。あのときと同じことが繰り返されて、もう駄目かもしれないという思いが脳裏を過《よぎ》った。結局、自分はどこへも行けないのだろうか。あのセントポーリアの鉢は、ずっとこの療養所の部屋に置かれたままになるのだろうか。そんなことを考えて操がだらりと腕の力を抜いたときだった。

「斉藤さぁーん、そろそろ戻ってくださいね。検温の時間ですよー」

療養所の門から看護師が出てきて、バス停に向かって大きな声で斉藤老人を呼んだ。そのとき、彼はハッと我に返ったように目から力を失った。同時に、その手からも力が抜け落ちて操の首から外れていった。

操はベンチに座ったまま咳《せ》き込みながら斉藤老人を見ると、彼は普段と変わらず感情を失った様子でふらりと立ち上がり療養所へと向かっていく。

(な、なんだったんだ……？)

幻覚を見たのだろうか。斉藤老人が祖父に見えるなんてどうかしている。そう思ったものの、彼が口にした言葉と首を絞めてきたときの力は到底幻覚とは思えなかった。操が震えながら斉藤老人の背中を見つめていると、彼が一度足を止めて振り返る。

「どこへ行っても同じだ。おまえは富と災いを振り撒く存在だよ。それも仕方がない。母親が『憑きもの筋』なのだからな」

そう言ったかと思うと、彼はニタリと笑いまたゆっくりと療養所へと向かって歩いていく。操はただ茫然《ぼうぜん》とその後ろ姿を見つめるばかりで、ベンチから立ち上がることもできないでいた。

もしかしたら、自分はまだ解放されたわけではないのかもしれない。そんな思いが心を過る。けれど、ここを出て行く意思は変わらない。

(どこへ行っても同じ……。だったら、僕は晃司と生きていくだけだ。藤村にだけは縛られない……っ)

それが操の意思で、晃司がいるかぎりけっして揺るがない思い。だから、幻覚などに惑わされたりはしない。祖父は死んだのだ。そして、藤村は滅びる。久巳世も滅びる。それでいい。操にはなんの悔いも無念もない。滅びるものは滅びてしまえばいい。ほしいのは解放と自由。そして、晃司という愛しい存在だけなのだから。

第四章　真実

◆◆

操がリハビリに励んでいる間、晃司が東京に戻ってやることは山ほどあった。

だが、その前には一度実家に戻って、これまでのこととこれからのことを説明した。このとき、操との関係はあくまでも幼馴染《おさななじみ》だと言ったけれど、東京で一緒に暮らすつもりだと聞いた両親と兄の顔は一生忘れないだろう。

いろいろと奔放な次男坊だと思われていたのはわかっているが、ここまでとはという表情には諦めと困惑が入り混じっていた。当然ながら、それなりに察するものはあったのだろう。優秀で親孝行な長男がいて感謝したのは両親以上に弟の晃司だったが、その兄は呑気《のんき》にも将来は二人で町に戻ってくればいいと言ってくれた。

細かいことにこだわらない自分の家族に心底感謝して、晃司は東京での新居を見つけ、研修医を終えたのちの就職先を探した。中途半端な時期の就職活動だったので、あまり大きな希望は持っていなかった。適当な病院の夜間勤務か個人病院の雇われ医師の仕事があれば、なんとか二人で生活していくことはできると思っていた。

だが、以前に研修医として働いていた病院からまだポストの空きはあると誘いがあって、うまい具合に数ヶ月遅れでそこに勤務することとなった。勤務する病院からほど近いマンションに空き部屋を見つけたのも、偶然とはいえ運がよかった。

退院した操と一緒に暮らす約束をして東京に戻ってきてからというもの、自分でも拍子抜けするほど物事が順調に進んでいく。このとき、ふと脳裏を過ったのは「憑きもの筋」の例の謂れだった。

『母さんは『白蛇』だったって。『憑きもの筋』の人間は、その家をお金持ちにしてくれるらしい。でも、それだけじゃなくて特別な力もあって、周りの人を不幸にしたりもするんだって』

子どもの頃の操が言った言葉だ。

（べつに富をもらったわけじゃないけど……）

それでも、操と再会してからあれこれと運がいいことは間違いなかった。子どもの頃もまったく信じていなかったし、つい最近までは本気で考えることもなかった。物事の良し悪しにかかわらず偶然が重なることはあっても、特別な力などあるわけがない。何もかもが田舎町で暮らす人の信じる迷信だと思っていた。

けれど、今の晃司は必ずしもそうは思っていない。操と出会って二十年近くになる。途中、十年ほど会わずに過ごしたというのに、再会してからの自分は完全に彼という存在に取り込まれてしまっていた。

（それでも、後悔はしない……）

晃司の胸の中にあるのは、操をもう二度と手放したくはないという思い。一度失ったからこその思いは強い。子どもの頃に抱いた愛しさはそのまま消えることなく、会えない間にも確かにこの胸の中で育っていたのだ。

操がリハビリを頑張っている間に晃司も東京での生活の準備を着々と整えて、あれから約一ヶ月がまたたく間に過ぎた。その週末に、ようやく操を迎えに療養所を訪れることとなり、晃司は浮きたつ気持ちで車のハンドルを握っていた。初めて訪ねていったときは迷った道もすっかり通い慣れて、今では懐かしい道となっていた。

国道から林道へと入り、やがて蛇骨トンネルが目の前に現れる。そこを通り抜けると間もなく療養所だ。操は退院の準備を整えて待ってくれているだろう。逸《はや》る心を抑えてトンネルと抜けると、あのバス停が見えてくる。すると、そこには療養所のパジャマ姿でベンチに座っている老人がいるはず。

（おや、おかしいな……？）

晃司が車のハンドルを切りながら首を傾げる。ここへ通ってきたときは、必ずといっていいほど見かけたあの老人がいない。今日は体調が悪くて部屋にいるのだろうか。

そんなことを思いながら療養所の門を潜り駐車場で車を停めたとき、入れ替わるように病棟の裏に停まっていた黒塗りの車が出ていくのが目に入った。晃司も病院の勤務をしているからよく知っている。あれは遺体を乗せた車だ。

ここは重篤な患者はいない療養所だが、中には高齢の人もいるのでそういうこともあるのだろう。心身の健康を取り戻して社会へ戻っていく者もいれば、あの車に乗っていった人のようにもの言わぬ体となってここを出て行く人もいるのだ。

「晃司、会いたかった。よかった。こなかったらどうしようかと思った」

長い年月暮らしてきた部屋で、すっかり着替えを終えて待っていた操が晃司を見るなりそう言って駆け寄ってくる。

「こないわけないだろう。ちゃんと約束したんだから」

晃司の言葉に操ははにかんで頷く。同じ二十七歳になるというのに、やっぱり彼は不思議なほどに若々しく、長らく療養生活をしていたとは思えないほど美貌《びぼう》が色褪《いろあ》せていない。肌《はだ》艶《つや》の輝きも愛らしい微笑みも十八の頃と変わらない。まるで彼だけが歳を取ることを忘れているかのようだった。

けれど、そんな操の顔にわずかに陰りが見える。これからの生活に対する不安だろうか。だが、そうではないと首を横に振る。

「昨日の夜に、斉藤さんが亡くなったんだ……」

「ほら、いつもバス停のベンチに座っていた人だよ」

「斉藤さんというと？」

それを聞いて、晃司はハッとしたようにさっきの黒塗りの車のことを思い出した。今日はバス停のベンチにいないと思ったら、彼は昨夜の内に亡くなったらしい。精神的に病んでいたようだが、まだ六十を超えたばかりだと聞いていたから、まさかこんなことになるとは思ってもいなかった。

「そうだったのか。残念だったね。でも、操は元気になってここから出て行くんだ。これから新しい生活が始まる。二人で一緒に暮らすんだよ」

「嬉しい。すごく嬉しい。ずっと夢に見ていたことが本当になった」

「俺も嬉しいよ。諦めきれなかったことが、ようやくこうして現実になったんだから」

二人は顔を見合わせて手を繋ぎ、まるで中学生に戻ったみたいにはにかんでそっと唇を重ねる。本当はもっとしっかりと操を抱き締めて、自分のものだと確かめたい。けれど、ここまで辛抱したのだから、それは東京の自分たちの部屋についてからでも遅くはない。

「じゃ、行こうか。荷物はそれだけでいいの？」

ほとんどの荷物はすでに新居宛《あ》てに送っている。ここにあるのは身の回りのものを詰めたバッグが二つばかりと、あとは窓際に置いてあったセントポーリアの鉢植えだけ。

晃司が二つの荷物を持って、操がセントポーリアの小さな鉢植えを両手で抱える。そして、二人は部屋を出て行く。こうして操は閉じ込められていた部屋から外の世界へと踏み出した。もう二度と彼を一人にすることはないという晃司の誓いとともに……。

操の体はいつもひんやりとしている。だから、夏はとても気持ちがいい。そのすべらかな肌が晃司の手のひらに吸いつくようで、いつまでも撫でて触れていたい気持ちになるのだ。

「あっ、ああ……っ、こ、晃司……」

新しい二人の部屋に寝室は一つだ。書斎に使う予定の部屋にはソファベッドも入れてあるが、それはどちらかが風邪でもひかないかぎり使うこともないだろう。

療養所から東京の新居まで、途中何度か休憩を取りながら車を走らせて五時間ほどかかった。部屋に入って荷物を置いて、リビングの窓際にセントポーリアの鉢植えを飾ったあと、二人はすぐに抱き合って唇を重ねた。

もう二人とも待ち切れない思いで寝室に入りベッドに倒れ込むと、互いの体を夢中でまさぐり合う。誰の目も気にすることなく、面会の時間を気遣うこともない。そして、操の体力も以前よりはずいぶんとついたのか、長い移動時間だったわりに顔色もいいし、これまでにないほど潑剌としている。

「本当に疲れていないか？　操には長いドライブだっただろう？」

「平気。外の風景はすごく新鮮だった。何を見ても楽しかった。でも……」

「でも、何？」

「それは晃司と一緒にいるから楽しいんだと思うよ。晃司といると、僕はなんでもできるような気になれるんだ」

　そういう操の何気ない言葉が晃司の心をくすぐる。子どもの頃からずっとそうだった。こんなにもきれいなのに友達もいなくて寂しそうにしている操は、晃司が声をかけただけでひどく驚き、そして嬉しそうにはにかんで笑った。

　晃司が話すことややってみせることにいちいち感心して、すごいと褒めて目を輝かせてくれる。晃司のほうこそ操のそんな表情が見たくて、どんなことでも頑張れる気がしたものだった。愛らしい操を独り占めしておきたい。だから、いっそこのまま誰も操にかまわなければいい。晃司の心の中にあったそんな身勝手な思いを、きっと操は知らずにいるのだろう。

「操は子どものときから変わらないな。白い肌も赤い唇も、華奢《きゃしゃ》な体も柔らかい髪も、全部昔のままだ。まるで操だけときが止まっているみたいだ」

「晃司は大人になった。同じ歳とは思えないくらい男らしくて逞《たくま》しい。すごく素敵だから、きっと僕のことなんか忘れて好きな人ができて、結婚しているかもしれないって思っていた」

そう言って少し悲しそうに目を伏せるので、晃司はベッドに横たわる操の前髪をすくい上げ、額に唇を寄せる。

「誰と恋愛しても夢中にはなれなかったよ。俺の心にはいつも操がいたから。どうしてもっと早く会いにいかなかったんだろう。どうして時間が経てば忘れられると思ったんだろう。こんなにも愛しいと思っているのに……」

晃司はこの思いがどうすれば操に伝わるだろうと考えながら、ゆっくりと彼の頬を手のひらで撫でる。そして、唇を今一度重ねながら操の身に着けているものを一枚ずつ脱がせていく。部屋はほどよく空調を効かせているが、夏だからといって冷やしすぎて風邪を引かせたくはない。

「寒くない？」

「大丈夫。だってすぐに温かくなるでしょう。晃司が抱いてくれたら、体の中からうんと温かくなるから」

その一言で彼が最後まで望んでいるのだとわかり、晃司もまた自制心を外すことにした。

「操、きれいな俺の操……。ずっとずっと好きだった。誰にも渡したくないと思っていた」

「誰のものでもないよ。僕はずっと晃司だけのものだもの……」

そう言って操の両腕が晃司の首筋に絡みつく。すでに上半身は肌を見せている操の股間《こかん》に手を伸ばし、そこを確認する。こんなにもきれいなのに、股間には確かに同性のものがあるのが不思議だった。少しずつ硬くなっていく操自身に触れながら、愛らしい顔が快感に震えるのを見ていると、彼には性というものがないような気がしてくる。男であって女でもある。あるいは、彼は男ではなく女でもない。そんな生き物なのだと思えてくるのだ。

「ああ……っ、んん……っ、んく……っ」

「感じる？　操を気持ちよくしてあげたいんだ。好きなところを教えてくれよ」

「あう…んっ、んぁ……っ。きっと高校の頃から変わっていないから……」

高校の頃の彼はどこに触れても小魚のようにビクビクと跳ねて、白い肌をほんのりとピンク色に染めていた。中でも操が一番身悶《みもだ》えたのは、彼の鼠蹊部《そけいぶ》に舌を這《は》わせたときだ。

晃司は操のジーンズの前を開き、そこへそっと唇を寄せる。操は甘い声を上げて身を捩るので、晃司が腰を押さえてその動きを封じてやる。

「んぁ……っ、こ、晃司、そこ……っ、あ……っ」

昔と変わらずそこは弱いらしく、どんどんと操の体が熱を帯びていく。後ろの窄《すぼ》まりに手を伸ばせば、そこはまるで待ちわびていたかのようにピクピクと震えているのがわかる。晃司だけしか知らない体だ。そう思うと、またどうしようもないほどの独占欲と征服欲が込み上げてくる。

「後ろ、いいかな？　久しぶりだからゆっくりするよ」

晃司の言葉に操が柔らかく微笑み頷く。子どもの頃からそうだった。晃司がしたいことを言うと、彼はいつだって拒むことはなかった。恥ずかしがっても必ず自分もそうしたいと言ってくれた。そんな操だから、全部この体で包み込んで、大事に守ってやりたいと思うのだ。

ベッドの横に置いてあったハンドクリームを取り、それで操の窄まりを濡らしてやる。硬い蕾《つぼみ》のようなそこも、晃司の指先の抜き差しでだんだんと柔らかくほぐれてくる。少し淫《みだ》らな音が響いて、そんなことでも大好きな操をこの手に取り戻したのだと実感してしまう。

「なんか焦っててごめん。でも、もういいかな？　操の中に入りたいんだ」

「うん、きて。僕も晃司がほしいよ」

片方の膝裏を少し持ち上げて股間を開いてやると、真ん中で操自身が先端を濡らしているのがわかる。感じているのがわかって晃司も嬉しくなる。彼の窄まりに自身の先端を押し当てると、それだけで操の腰が軽く揺れる。

「入れるよ。息を吐いていて……」

準備を整えた晃司が言うと、小さく頷いた操が赤い唇から細い息を吐く。その息を吸い取るように唇を重ね、晃司は自分自身を窄まりに埋め込んだ。

「んん……っ」

呻き声とともに操自身が揺れて晃司の下腹に当たる。そこに手を伸ばしてやんわりと握り締めゆっくりと擦《こす》りながら、後ろへ押し込んだものをじょじょに進めていく。操はさらに甘い声を漏らして、晃司の名前を何度も呼ぶ。

晃司もまた操の名前を呼んでは抜き差しを繰り返し、二人は高校時代の熱を思い出して夢中になってしまう。出会ってから長い年月が過ぎていた。途中で会えない日々もそれぞれが互いのことを思いながら過ごしてきた。

きっとこれからもいろいろと悩ましいことはあるだろう。けれど、晃司は操の存在をもう二度と手放したくはない。彼はやはり自分にとって特別な存在なのだ。

「あっ、み、操……っ。もう、いきそうだ……っ」

いつになく性急な自分に呆れながらも、操もまた彼自身が充分すぎるほど張りつめていて、二人はほぼ同時にそのときを迎える。

「操……っ」

「あ……んっ、ああ……っ」

操が大きく喉をのけ反らせて股間を弾けさせる。晃司もまた彼の体の中で自分の熱を放った。この瞬間、晃司は今度こそ間違いなく操をあの町から連れ出し、自分だけのものにすることができたのだと思った。

荒い呼吸とともに最後の一滴まで絞り出した二人は、全身を弛緩《しかん》させて体を重ね合う。晃司は操が首をのけ反らせたとき、喉にほんのりと赤い筋があったことを思い出してたずねる。

「何かが巻きついたような痕《あと》があるけど大丈夫？」

操は自分の首を白い指でそっと撫でて、なんでもないと笑ってみせる。

「昨日の夕方、療養所の裏庭を散歩していたとき少し冷えたからスカーフを巻いていたんだ。ちょっときつく巻きすぎたのかもしれない」

それならいいけれど、色が白いから少しの痕でも目立つので気になった。これからも操のどんな些細なことも、こうして心配して過ごすのだろう。けれど、それは晃司にとっては幸せなことなのだ。

「これからはずっと一緒だよ。操はもうどこへもやらない。俺のそばで生きていくんだ」

「嬉しい。他の誰も僕を愛してくれなかった。晃司だけだよ。僕を愛してくれるのは……」

二人の思いが一緒ならそれでいい。重ね合った体の温もりを感じながら、十年の時間を経てようやく二人は互いの約束を果たしたのだと思った。

「疲れただろう。シャワーを浴びたいだろうけど、その前に少し眠るといいよ。なんだかとても眠そうだよ」

懸命にリハビリに励んだというとおり以前より体力はついているようだが、それでもやっぱりセックスのあとには瞼が重そうだった。無理もない。車での長い移動も操にとっては初めてのことだっただろうから。

「目が覚めたら何か食べて、それからこれからのことをゆっくり話そう。これからの二人のことをね」

晃司がそう言って操の額に唇を寄せ、足元まで下ろしていたシーツをまくりあげて肩からかけてやる。操ははにかんだような笑みとともに頷いて目を閉じると、すぐに小さな寝息を立てはじめた。

晃司はゆっくりと体を起こしベッドに腰かける。そして、恋人の安らかな寝顔を見つめながら、自分の中にある疑問をすべて封印してしまおうと今一度覚悟するのだった。

◆◆

よく眠っている操をベッドに残し、晃司は一人でバスルームに入った。温《ぬる》めのシャワーで体を流し、しばらくの間頭からお湯を被ってじっと目を閉じる。

愛しい操を抱きながら、その昔彼が言った言葉を思い出していた。抱いているときは、彼という存在が自分にとって特別なのだと思っていた。けれど、本当はそれだけではないのだ。操は他の誰とも違っていて、やはりなんらかの不可思議な力を持っているのかもしれない。

『本当は藤村の家じゃなくて、僕が特別なんだ』

彼の言葉どおり、操という存在はその出生からして奇妙なのだ。操の母親の実家については調べられるかぎり調べて、ほぼそのままを伝えた。不思議な家であることは間違いないし、地元でも怪しげな噂のある家で周囲から遠巻きにされていたのも事実だ。資産家ゆえに妬まれていたこともあるだろうし、そういう意味では藤村の家との共通点はあった。

見合いの話を米問屋がもってきたというのも嘘ではなかった。戦後から少しずつ資産が目減りしていく中、バブル崩壊の時期に大きく家が傾いた藤村が、久巳世の家から曰《いわ》くつきの嫁を迎えたというのも周囲の誰もが聞き及んでいる話だった。

そんな彼らの結婚に愛情がなかったことはわかっている。それにしても、操の父親の冷たさは異常に思える。少しでも自分の血を引いた子なら、そこまで毛嫌いすることができるだろうか。そもそも、そこまで愛情を感じていない女性を跡継ぎのためとはいえ抱くことができるのか。

操の母親が驚くほど美しい女性であったことは町の誰もが覚えていたし、瓜《うり》二つだという操を見てもその美貌を想像することはできる。だが、美しければ抱けるというものでもないだろう。少なくとも晃司は、操の本当の父親は別の誰かではないかという疑いを持っている。

（もちろん、なんの証拠もないけれど……）

それを晃司が疑うようになったのは、操のルーツを調べるようになって、彼の周りで起きていた様々な事件や事故を耳にしてからのことだった。

同級生たちは誰もが操のことを不気味に感じていたようだ。子どもの頃は金持ちの藤村の家の子だから、特別視しているのかと思っていた。操のほうも人見知りが激しく、勉強はできても運動が苦手なので、クラスメイトたちがからかうにはちょうどいい標的になっているのだろうと信じて疑っていなかった。

だが、同窓会で聞いた話では、操を虐めたりからかったりすると必ずその報復のように事故に遭ったり、怪我をしたりするという。その深刻さの度合いは、操が心に受けた傷に比例しているようであった。

そんな中でも一番悲惨だったのは、父親の愛人の変死と義叔父の交通事故だろう。父親の愛人の変死も奇妙と言えば何から何まで奇妙だ。検死の報告書をこの目で見たわけではないから、居酒屋での話をどこまで信じていいのかは微妙だった。けれど、操にすれば母親が死んで間もなく家に挨拶《あいさつ》にきたという父親の愛人には、相当複雑な感情があったに違いない。操が意識していたかどうかは別の問題として、彼女は最悪の報復を受けたということになる。

そして、もう一人の義叔父だが、彼もまた壮絶な事故に遭って危うく半身不随となるところだった。幸いにも歩けるようにはなったが、子どもを作ることはできなくなった。彼が言うには不妊の妻を慰めたいあまり操を邪険に扱うようなことを口にして、それを聞かれてしまったせいだと言っていた。だが、それにしては報復の度合いが激しすぎる気がする。

そこでふと思いついたことがあったのだ。たとえば彼が夫に愛されず寂しく過ごしている美貌の義兄嫁に、よこしまな心を抱いたということはなかっただろうか。そして、無理やり彼女の体を奪い、その結果身ごもったのが操だったとしたら……。

（もちろん、あくまでも仮説でしかないけれど……）

だが、それなら操の父親が自分の息子をいっさい顧みなかった理由もわかる。母親の自殺の原因としては、藤村で孤独な暮らしを強いられていたことと、おそらく不貞の子を産んだことを責められていたせいもあるのだろう。そして、操が何かの拍子にそんな噂話を耳にしたとしたら、義叔父への壮絶な報復の意味もすんなりと納得がいくのだ。

母親がそのことを操に伝えたとは思えないが、彼がそれを耳にする機会はあったと思う。なぜなら、晃司自身が藤村の家に近しい人物からその話を聞かされたからだ。

『あくまでも噂ですよ。それに、操さんはどこも全部母親そっくりで、父親が誰かなんてわからない容貌ですし……』

そう言って遠い昔を思い出しながら語ってくれたのは、当時藤村の家で家政婦として働いていた森田という年配の女性だ。もう一人の笹野というベテランの家政婦もいたというが、彼女は森田よりもかなり年上で、今は認知症を患って施設に入っていた。彼女に話を聞きにいくまでもなく、森田という女性は晃司が知りたいことのほとんどを教えてくれたといってもいい。

そんな彼女は、操の祖父の容態が急変したあの夜のこともよく覚えていた。そして、その話をするときだけ、彼女の軽い口がひどく重くなって怯えに視線を泳がせていたのが印象的だった。

『あの夜、大旦那様が急に苦しみ出されて、笹野さんが救急車を呼びにいって、わたしは操さんを呼びにいったんです』

それは操が記憶している内容と一致している。だが、操はそのあとの記憶を失っていた。祖父に語りかけたところ断末魔の彼が暴れ出して操の首を絞め、呼吸が止まり昏睡《こんすい》状態に陥ったためその前後の記憶が飛んでしまったのだ。

数週間の間意識が戻らなかった操だが、目を覚ましてしばらくは自分が誰なのかもわからない状態だったという。それから体のほうは比較的順調に回復していき、記憶のほうもじょじょに取り戻していったものの、二年近い入院生活ののちもパニック発作は残っていた。

本人が社会に出ることを極端に怖がっているのをいいことに、叔母夫婦は操をあの人里離れた療養所へ隔離することにした。そのとき操の意思や希望はほとんどないも同然で、言われるままに療養所に入り、ただときが過ぎていくままに暮らしてきたのだ。

操は混濁する記憶の中で自分が祖父を殺したのではないかという妄想に取りつかれていた。ずっと周囲に災厄を撒き散らす存在だと言われ続けてきたことが、操の脳裏に深く刻まれていたのだろう。祖父が急に亡くなったのも自分のせいではないかと思ってしまったのも無理はなかった。そして、そんな自分は社会に出てはいけないと、操自身が信じてしまっていたのだ。

(それに、操は東京行きを秘密にしているという負い目もあった……)

そのことを打ち明けたせいで、錯乱した祖父が自分に飛びかかってきたという記憶が、彼の中で最悪のシナリオとなって再構築されてしまった結果だったのだろう。

『今思い出しても背筋が凍るような気持ちになるんですよ。だってね、あんなにきれいな顔をして、あんな恐ろしいことを……』

両手で自らの頬を押さえながら森田が言った。あのとき、操は確かに東京行きを祖父の耳元で囁《ささや》いた。ただし、実際はそれだけではなかった。森田は部屋にやってきた操が、祖父の枕元に駆け寄って耳元で言った言葉をはっきりと覚えていた。

『お爺さん、ほら、白い蛇がくるよ。もうお爺さんの命はおしまいだって、そう言いにやってきたよ。藤村はもうおしまい。だから、僕もこの家を出て行くんだ』

操の母親は「憑きもの筋」の女だったという。それも白蛇がついているという家系だ。操も幼少の頃から誰の口からというでもなく、そのことを聞かされて育った。だから、自分もその血を受け継いでいることはわかっていたはずだ。

そのうえでそんな言葉を祖父に語りかけたとしたら、操は何を考えていたのだろう。操こそ思いがけない祖父の姿を目の当たりにして、錯乱状態だったということだろうか。だが、森田の証言では操はいつもと変わらないか、いつも以上に冷静で楽しげに笑っているように見えたというのだ。

『それまでいろいろ噂はありましたし、奇妙に感じることもありましたよ。ただ、あんなか弱そうな少年だったんですよ。しょせんは迷信だろうって思っていました。でも……』

あのとき、森田は心底操の存在が怖くなったと言っていた。

『悪気はなかったんですけど、わたしも操さんのことを話しているのを本人に聞かれたこともありますしね。世間の人が言っているみたいに、仕返しされるんじゃないかって怖くなってしまって……』

彼女は操の祖父が亡くなってすぐに藤村の家の家政婦を辞めたと言っていた。そして、操の父親も失踪してしまい、叔母夫婦も屋敷の離れから町中のマンションへと引っ越していった。

そうして、藤村の家は操が言っていたとおり誰もいなくなった。大きく古い家には誰も住まなくなり、取り壊されることのないまま放置されている状態だ。

叔母夫婦は藤村の名前を継いではいるものの子どももおらず、養子をもらわないかぎり藤村の姓も消えていく。バブルが弾けて傾いた家を建て直しそれなりの資産は残したものの、藤村家は憑きもの筋の女とその子どもによって災厄を被り滅びていくということになったわけだ。そう思ったとき、温いシャワーのお湯を浴びながら晃司はブルッと体を震わせた。

　もし、その災いが崎原に及んだならと想像したからだ。自分だけならいい。自分なら覚悟はできているから。兄は呑気にゆくゆくは二人で町に戻ってくればいいと言ってくれたが、それはしないほうがいいと思っている。

少なくとも操は意図して晃司に危害を加えることはないだろう。晃司も操を悲しませるような真似をするつもりもない。崎原家とは距離を置いておけば、家族に災厄が及ぶ可能性も低いはず。

ただ、そんな操について不思議に思うことは他にもあった。たとえば、晃司のところにいきなり届いた手紙だ。

彼はずっと療養所暮らしをしていて、町の誰とも連絡を取っていない。晃司の両親や兄も操から連絡をもらったことはないと言っていた。居酒屋で同窓会をしたときも、高校を卒業してから操と話した者は一人もいなかった。あの場に参加していなかった連中の誰かと連絡を取ったとも思えない。

（だったら、なぜ操は俺の東京のマンションの住所を知っていたんだ？）

晃司は大学時代から研修医の二年の間で三回引っ越しをしている。操がそれを知っていたはずはないのだ。それだけではない。もっと不思議なことは、あの日の夜にマンションの前で見かけた若い男の姿。あの男は晃司が一瞬視線を外した瞬間に忽然《こつぜん》と消えてしまった。

そして、療養所に会いにいってみれば、あの男とそっくりの操が晃司を待っていた。会いにきてくれて嬉しいと涙ぐんだ操は、晃司の胸に飛び込んできてその赤い唇を重ねてきた。まるで十年の空白などなかったかのように、彼は晃司の心を再び引き寄せたのだ。

あの瞬間、操を忘れようとしていた自分の行為がどれほど愚かであったか気づかされた。

十年もの間、自分は何をしていたのかと虚《むな》しささえ感じたくらいだ。

（やっぱり、あれは幻覚だったのか。あるいは、生霊というものか……）

いずれにしても、晃司は操によってもう一度引き寄せられたのだ。それは、初めてあの町へ引っ越していった日、公園で兄とサッカーをして遊んでいたときのことを思い出させる。サッカーが得意だった兄が珍しくボールを蹴り損ねた。それを慌てて拾いにいった晃司だったが、なぜかボールは生き物のように晃司の手をすり抜けて公園の外の歩道へと転がっていったのだ。そして、そのボールを拾ってくれたのが操だった。

初めての出会いから不思議なものだった。そして、初めての出会いから晃司はその愛らしい容貌に子どもながら胸をときめかせていたのだ。

シャワーを止めた晃司はバスルームから出ると、冷蔵庫からミネラルウォーターのボトルを手にしてベッドに戻る。そこには愛しい恋人が情事の疲れからぐっすりと眠っている。シーツをしっかりと両手でつかみ、体を丸めるようにして眠る姿は幼い子どものようにも見える。思わず微笑ましさにそっと手を伸ばして髪に触れようとしたとき、晃司の頬がわずかに引きつる。

（いや、子どもというより、これは蛇じゃないか……？）

白い体がうねるようにシーツに絡んでいるなまめかしい姿。それはさながら美しい白蛇がとぐろを巻いているようにも見えて、晃司はたった今シャワーを浴びたばかりの背中にじんわり汗が流れるのを感じた。

だが、恐れることはない。けっして手放すことはないと決めた彼は、晃司にとって特別な存在なのだから。そして、晃司は止めた手をもう一度ゆっくりと伸ばし、操のひんやりと冷たい肌に触れるのだった。

エピローグ

東京でともに暮らすようになってからの日々、操は因習から解き放たれて自由となり、晃司はずっと埋められずにいた心の隙間が満たされた。

毎日は慌ただしく、けれど平穏に過ぎていく。操は翌年の春には大学に入り、今は経営学を学んでいる。叔母夫婦には子どもがいないのだから、将来的には藤村の諸々の資産や権利を操がすべて相続することになる。そのときには昔ながらの商売の仕方ではなく、もっと効率のいい資産運用ができればと思ってのことだった。

晃司は研修医として働いていた総合病院で、今も循環器の医師として勤務している。まだ新人なので毎日が激務で夜勤も少なくない。それでも、帰宅して操の顔を見れば確かな幸せを感じることができる。

小学校の頃は、ただ無邪気に一緒にいるのが楽しかった。けれど、いつからかそれだけではない思いが二人の間に芽生えていた。今では性別など関係なく、二人は結ばれるべくして出会ったのだと思っている。

そして、操は今ももう一人の自分を闇に封じている。体の中に眠る白蛇は富をもたらし、周囲に災いを振り撒く。操の祖父は憑きもの筋の嫁を迎えた責任を感じ、藤村を滅ぼす諸悪の根源である操を一緒に連れていこうとした。だが、操は生き残った。生き残って晃司のそばにいる。

晃司のそばにいれば、操の心は穏やかでいられる。晃司と一緒にいれば白蛇はその顔を出すことはなく、この先も操の心の奥で静かに眠っているはずだから……。

久巳世の婚姻

◆◆

僕は憑《つ》きもの筋の人間だ。憑いているのは白蛇だという。

『操のお母さんの旧姓は「久巳世《くみよ》」といったそうだ。その地にもうお母さんの実家は残っていなかった。操のお母さんが嫁いで、久巳世家は途絶えたという』

晃司《こうじ》が調べてきてくれた操の母親の実家のことだ。久巳世の家は婿《むこ》養子を迎えられず、操の母親はやむを得ず父親のところへ嫁いだ。憑きもの筋の嫁をもらった家は富を得るが、同時に周囲には災いをもたらす。

戦後から没落の一途をたどり、バブル崩壊後にはいよいよ危機的な状況にあった藤村《ふじむら》の家は母親を嫁にもらい、資産の散逸をどうにか喰い止めた。働かずとも食べていけるという身分ではなくなったが、事業や資産は町の誰よりも持っている旧家には違いなかった。

ただし、この婚姻は藤村を救うためだけでなく、母親にも久巳世としての目的があったらしい。愛などない結婚でも、子どもさえできればその子を連れて実家に戻るはずだったのだ。

なのに、彼女はどういうわけか自殺した。はたして、それは本当に自殺だったのか？

操の母親の自殺の原因について、晃司が彼なりの推察をしていてもあえて口にしていないのはわかっていた。操もまた彼女の死については心に秘めていることがあるが、それは催眠療法でも語れなかったことだ。

操を連れて実家に帰るつもりの母親が、不貞を気に病み嫁ぎ先の冷たい仕打ちに悩んで死を選んだとは思えなかった。彼女にとっては操の父親など誰であってもよかったし、どんなに辛い仕打ちを受けていたとしても、家を出てしまえばそれまでのこと。

だが、藤村にはそれをさせまいとした人物がいた。富をもたらす嫁が出て行けば藤村の運も尽きる。あるいは、その血を継ぐ操の存在だけは手放すわけにはいかない。そう考えた誰かが、母親を引き留めようとして誤って死に至らしめた可能性はないだろうか。そして、それを自殺に見せかけたのだとしたら……。

明け方の浅い眠りの中で、今はもう遠い日々のことをぼんやりと思い出していた。一人寝の夜は、封じ込めたはずの過去が自分を追いかけてくるような気がする。だから、懸命にそれを振り切ろうと、眠りの中で自分自身に言い聞かせていた。

(そんなことはどうでもいいんだ。僕はもう自由になったんだから、それでいい……)

心の中でそう呟《つぶや》いたとき、瞼《まぶた》の奥にカーテン越しの朝の日差しを感じて覚醒《かくせい》する。ゆっくりと目を開けば療養所のベッドではない場所で眠っている自分がいて、いまさらのように安《あん》堵《ど》の吐息を漏らしてしまう。

体を起こすと喉《のど》の渇きを覚え、キッチンに行きミネラルウォーターをコップにそそぎながら、冷蔵庫に貼られている晃司の勤務表を見る。夜勤明けの今日はそのまま午前の診療に入ってシフトを終える。

帰宅した晃司はシャワーを浴びてから軽く何か食べて、ベッドに倒れ込むのが常だ。操の今日の予定は午後の遅い時間からの講義だけなので、食事の用意をしておいて彼がベッドに入る頃に大学へ出かけていく。

忙しい勤務医の晃司とまだ大学生になったばかりの操とでは生活もすれ違い気味だが、それでも一緒に暮らしていることが奇跡のようなものだ。だから、今の生活を何よりも大切にしたいと思っている。

操はシャワーを浴びて着替えをすませると、手早く大学へ出かける準備を整えてからもう一度キッチンに立つ。料理は晃司と一緒に暮らすようになってから少しずつ覚えて、近頃ではたいていのものは作れるようになった。ネットでレシピを見ながら慣れない手つきでやっているので時間はかかるけれど、作ったものはなんでもおいしいと晃司は褒めてくれる。

人から褒められることや喜ばれることなど、操の人生にはほとんどなかった。それどころか、存在自体を疎まれていた自分にとって晃司のかけてくれる言葉はいつだって何よりの慰みであり励ましだったのだ。そして、それが今は大きな愛情だと知っている。

(今日は何にしようかな?)

キッチンカウンターにタブレットを立ててレシピを見ていたが、ブランチメニューの中から近頃二人が気に入っているそば粉のガレットを作ることにした。昨日の昼に作っておいたミネストローネと一緒に出せばボリュームも栄養バランスもちょうどいい。

まずはそば粉の生地をボウルで練って、それを冷蔵庫で一時間ほど寝かしておく。その間に他の家事をすませ、そろそろミネストローネの鍋に火を通そうとしていたらインターホンが鳴った。時計を見ればすでに昼を過ぎていて操は急いで玄関に駆けていく。

ドアスコープから外を確認して鍵を開けると、そこには夜勤明けで少し疲れた顔の晃司が立っていた。彼は操の顔を見るなり微笑《ほほえ》んで玄関に入り、後ろ手でドアを閉める。もう片方の手では操の腕を引き、消毒薬の匂《にお》いの残る彼の体に抱き寄せるのもいつものこと。少し照れくさいけれど嬉しいから、操も両手を晃司の背中に回して彼の胸に頰《ほお》をそっと寄せるのだ。

「おかえりなさい。お仕事、お疲れさま」

「ただいま。一人で平気だった？」

それも夜勤明けのきまった会話だ。一緒に暮らしはじめて半年以上が過ぎても、晃司はまだ操が一人になることに不安を覚えていると思っている。でも、小さい頃からずっと一人だった操にとって孤独は「友達」にも似た存在で、もはや怯《おび》えることもない。まして、今は晃司が必ず戻ってきてくれる部屋にいるのだ。忌まわしい藤村の屋敷や、長らく入院していた療養所の部屋とは一人でいてもまるで気持ちが違っている。

「僕は平気。それより、疲れているでしょう。シャワーを浴びてきて。すぐに食事の準備をするから」

「大学の時間に間に合う?」

「平気。ガレットだからすぐにできるよ。僕も一緒に食べてから出かけるから」

晃司は頷《うなず》いて鞄《かばん》を置きに書斎に行き、寝室のワードローブから着替えを持ってバスルームに向かう。操はダイニングテーブルを整えて、寝かせた生地でガレットを焼きはじめる。今日の具材はマッシュルームとオニオンとベーコン。あとはチーズと卵をのせて味つけは塩とブラックペッパーだけのシンプルなもの。

療養所にいた頃、よく旅行雑誌やインターネットの情報サイトでお洒落《しゃれ》なレストランのメニューや人気のレシピを眺めていた。そんな店に自分が行くことは一生ないだろうと諦《あきら》めていたし、料理を作ることもないと思っていた。ガレットもそんな夢のレシピの一つだったが、作ってみれば思っていたより簡単だった。

「よし、うまくできた」

一枚目を皿に盛り二枚目を焼いていると、さっさとシャワーを浴びてきた晃司がキッチンに入ってくる。

「いい匂いがしてるな。何か手伝うことはある?」

部屋着姿で濡《ぬ》れた髪を後ろに撫《な》でつけ、肩にタオルをかけた晃司がたずねる。操はフライパンを握りながら、出来上がったガレットの皿を運んでほしいと頼む。晃司は一人暮らしが長いから、家事全般が得意で操よりもずっと手際がいい。それでも、操がキッチンに立っているときは手出ししないで、手伝いに徹してくれる。

子どもの頃から納得できないことはなんでも追求しようとする性格だというが、同時に晃司はとても忍耐強い一面を持ち合わせている。親兄弟には頑固だと言われているらしいが、それは彼の辛抱強さでもあり操を受け入れてくれた大きな要因だと思っている。

「ほら、できた。はい、これも運んでもらえる？　すぐにスープをよそっていくから」

ミネストローネをスープ皿に入れてテーブルに運ぶと、そこにはすでにカトラリーやミネラルウォーターのグラスが並んでいた。

「いただきます」

二人して手を合わせ声を揃《そろ》えて言うと、それぞれにカトラリーを握る。人から見ればママゴトのような生活かもしれない。けれど、本当ならこんな生活を十年前に始めていたはずで、自分たちは紆余曲折《うよきょくせつ》を経てようやく二人きりの時間を持てるようになったのだ。

「操は料理の才能があるよ」

「そうかな。相変わらず手際が悪いよ。自分でもいやになっちゃうくらい」

「そんなのはやっているうちに慣れるもんさ。それより、料理にはセンスが必要だからな。操はいい舌を持っているから大丈夫だ」

「いい舌かどうかわからないけれど、料理は好きみたい。もっとレパートリーを広げたいな。和食はまだうまくできないものが多いから」

「俺は幸せ者だね。料理がうまい嫁さんをもらったようなものだ」

晃司はガレットを食べながら言う。操は俯《うつむ》いて嬉しさに頬を染めながらも、少しばかり戸惑いを覚えている。

（お嫁さんなら、女の人でないと駄目でしょう？）

そんなふうに言ったら晃司はどう思い、どんな言葉を口にするのだろう。もし操の望んでいない言葉を彼が口にして、そこに晃司の本音があったとしたらどうすればいいのだろう。

彼が操を愛《いと》しいと思ってくれる気持ちに偽りはなくても、自分たちが男同士であることもまた変えることのできない事実なのだ。普通の男女のように籍を入れて婚姻関係を結ぶことはできない。なれるとしても、今の時点では日本の限られた場所でのパートナーという関係。

そんな曖昧《あいまい》な関係を、晃司はこの先も続けていくつもりだろうか。そして、彼の家族がそれを許してくれるだろうか。そのことを不安に思いながらも、晃司のそばにいたいという一心でこの生活に飛び込んでしまった。そして、今もなお操はそのことを言葉で晃司に確認することができずにいるのだ。

（晃司に見捨てられたら、僕は生きていけるのかな……？）

今が幸せであればあるほど、そんな不安が心をよぎる。この穏やかな時間はいつまで続くのだろう。叶うことなら、一分でも一秒でも長く続いてほしい。そんな切実な思いで、ダイニングテーブルの向かいに座る晃司の顔を見たときだった。

『おまえは白蛇だっ。今度は誰を喰《く》らい殺すつもりだ？　この憑きもの筋の化け物がっ』

心臓をつかまれたようにドキッとしたのは、明け方に見た夢を思い出したから。夢の中には、操が療養所を出る直前に亡くなった斉藤《さいとう》老人の姿もあった。そして、彼が投げかけてきた言葉が生々しく脳裏に蘇《よみがえ》る。

（違う。あれは斉藤さんじゃなくて、お爺《じい》さんの言葉だった……）

なぜかあの瞬間、斉藤老人に亡くなった祖父が憑依《ひょうい》して操にそう問いかけてきた。まるで操が療養所を出て、晃司と暮らすことを知っているかのような言葉には心底怖気《おぞけ》立った。

晃司との幸せな時間など、しょせんまやかしのようなものなのだろうか。やがてはまた一人きりになって、深い孤独と闇《やみ》ばかりが取り囲む世界に身を置くことになるかもしれない。

そのことを思えば、操の魂は絶望的な悲しみに突き落とされそうになる。

「どうした？　あまり食べてないな？　もしかして、昨夜はよく眠れなかった？」

操の沈んだ様子に気づいたのか、晃司がこちらをうかがいそうたずねる。慌てて首を横に振ったものの、上手に嘘がつけるわけもなく操は小さな溜息《ためいき》を漏らす。

「ちょっと怖い夢を見ただけ」

「そうか。でも、夢は夢だ。忘れてしまえばいい」

療養所の看護師も悲しい夢を見た翌朝にはそう言っていた。夢は夢でしかない。現実を追いかけてきたりはしないのだ。

「うん、そうだね。晃司の顔を見たらもう大丈夫。忘れてしまえそうだから」

操の笑顔に晃司も安心したように頷き、食事を続けながら言う。

「夢ならいいけど、大学のことやここでの生活で何か不自由や不安があるならなんでも言ってくれよ。操に無理や辛抱をさせたりしたくないからね」

「無理や辛抱なんて何もしていないよ。むしろ、毎日が幸せすぎていいのかなって思っているくらい」

晃司は一緒に暮らすにあたって、療養所の操の担当医から主治医の役割を任された身でもある。循環器系が専門の晃司にとって心療内科は分野が違うものの、身体的に何か変化があれば相応《ふさわ》しい処置が行われるよう晃司が責任を持つことになっている。

当然ながら、彼の心の中には愛情と同時に保護者的な気持ちもあるはず。そんな晃司の優しさに甘えている自分の存在が、いつか彼の重荷にならないだろうか。そのとき、操の心に過《よぎ》ったのは、心地よい住処《すみか》を見つけた白蛇が彼に寄生してその命を喰らい尽くしていく様だった。

(違うっ。僕は晃司を喰い殺したりしない。そんなことは絶対しないから……)

思わずぶるっと体を震わせる。ただ、自分の心が悲しみを覚えたとき、その対象となる相手に災いが及ぶのを止めることはできなかった。そんな己の忌まわしい力に操は今も怯え続けているのだ。操の心の不安を察したのか、晃司がカトラリーを皿に置くとペーパーナプキンで口元を拭《ぬぐ》ってから手を伸ばしてくる。

「操、本当に大丈夫？　なんだか……」

彼の手が操の手を握り二人の視線が自然と合った瞬間、メールの着信音が鳴ってビクッと身を硬くした。晃司と操のどちらの携帯電話への着信かわからず、二人は慌てて握った手を離して確認をする。操のなら問題はないが、晃司のほうなら勤務している病院からの緊急の呼び出しの可能性もある。

だが、このときは操の携帯電話の着信音で、内容は今日の午後の講義が休講になったという知らせだった。それを晃司にも伝えるとちょっと緊張していた場が一気になごみ、二人は顔を見合わせて微笑んでしまう。

「休講か。だったら、今日の午後は一緒にいられるな」

晃司が言うので頷いたものの、彼は夜勤明けだから眠って体を休めなければならない。講義がないなら操は来週提出のレポートを書くことにするし、彼の眠りを邪魔するようなことはしないつもりだった。

ところが、食事を終えて操が後片付けをしていると、晃司も一緒にキッチンに立って手伝ってくれる。疲れている彼にそんなことはさせたくないし、早くベッドに行ってほしい。なのに、晃司は食器を洗っている操のそばで食後の飲み物の用意をしながら言うのだ。

「さっきのことだけど、本当にここでの暮らしで不自由していない？　俺が半ば強引に東京に連れてきたのに、仕事が忙しくて操に寂しい思いばかりさせているんじゃないかって心配しているんだ」

「そんなことないよ。晃司も知っているでしょう。僕はずっと一人だったんだ。だから、こうして一緒に暮らせるだけでも充分すぎるくらい幸せだもの」

「操はこれまでずいぶんと辛い思いをしてきた。その分だけこれからはたくさん幸せになってほしいからさ」

「晃司……」

そんなことを言ってくれる人がそばにいるだけで、これ以上ないほど幸せだ。けれど、晃司は洗い物を終えてハンドタオルで手を拭っている操の背中から両手を回して抱き締めてくると、首筋に唇を寄せて囁《ささや》く。

「どんな些細《ささい》なことでも、一人で悩んで苦しまないでほしい。何か心配ごとがあるなら言って。俺はいつだって操のことばかり考えている。不思議なんだけど、離れていたときよりもずっとそうなんだ」

どうしてこんな自分に夢中になってくれるのかわからない。誰にも愛されることのない憑きもの筋の人間で、晃司は誰よりもその事実を知っているというのに。そんな彼の気持ちにどうすれば応えられるかわからない操は、正直に己の気持ちを伝えることしかできなかった。

「本当を言うとね、ときどき怖くなるんだ」

「何が？　もう何も怖がることなんかないだろう？　誰も操を虐《いじ》めたりしないし、閉じ込めたりもしないよ」

「でも、こんなにも幸せでいて、いつかまた一人に戻る日のことを考えたら……」

とても怖い。そして、自分から離れていった晃司のことを心のどこかで恨んでしまったら、そのときは彼に何か大きな災いが及ぶかもしれない。

さすがにその可能性については言葉にできなかったけれど、晃司の片手が操の顎《あご》にかかって、顔を持ち上げられると唇が重なってくる。思わず操も持ち上げた片手で晃司の耳の横から髪に指を滑り込ませ、口づけに自ら応えていく。

やがてゆっくりと唇を離した二人が向き合えば、晃司が彼らしくもない戸惑いの表情を浮かべていた。操はその理由を問うように彼の頬にそっと手を伸ばす。

「こんなことといまさら言うなんて、女々しい男だと思われるかもしれない。でも、操がどういう気持ちで東京にくることを決心してくれたのか、ずっと聞くのが不安だったんだ。もしかして大学を卒業したら藤村の実家に一人で帰ってしまうんじゃないかって、今でも心配している。もちろん、操がそのつもりなら止めはしないよ。操の人生だから好きな場所で好きな人と生きていけばいいんだ。でも……」

晃司が伏し目がちにそう言ったので、思いがけない言葉に操のほうが驚いた。

「僕はもう藤村に戻る気はないよ。藤村家の最後の人間としての責任は果たさなければならないだろうけど、あの町には戻りたくない。それに、僕はできることならずっと……」

「ずっと？」

「ずっと晃司といたいと思っている。晃司がそれを望んでくれるならだけど……」

「操……」

「晃司は、僕が大学を卒業するまでは責任を持って面倒を見なければならないと思ってくれているのかもしれない。でも、晃司のほうこそ僕なんかがそばにいてお荷物に感じるようになったら、いつだってそう言ってくれればいいんだ。僕は療養所から連れ出してもらっただけでも充分で、これ以上は……」

　自分を見つめている晃司に慌てて言葉をつけ加えたのは、彼の心に不必要な負担を与えたくなかったから。でも、全部言い終わらないうちに晃司の腕が操を強く抱き締めた。

「そんなことを思うわけがない。操を失いたくなくて、いつも怯えているのは俺のほうなんだ。だから、これからもずっと俺のそばにいてほしい。大学を出てもその先の人生もずっと一緒にいたいんだ」

「晃司、本当に？　本当に僕でいいの？」

「操がいい。操以外の他の誰でも駄目だともうわかっているんだ。俺には操しかいない。きっと出会ったときからそう決まっていたような気がする」

　晃司はそう言うと操にもう一度口づけて、腕を引いて寝室へと連れていく。今朝ベッドメイクしたベッドの上に体をそっと押し倒されて、晃司の体が覆い被《かぶ》さってくる。本当は大学に行くはずだったのに、たまたまの休講が二人の気持ちをあらためて確かめるきっかけになった。

何も怯えなくても、この先もずっと操は大好きな晃司のそばにいられる。彼もそれを望んでくれている。操が怖くて確認できずにいたことを、晃司もまた不安に思っていたということだ。それを知って安堵すると同時に、今はどれほど操の心が穏やかになったかわからない。

晃司は一度身につけた部屋着を脱ぎ捨て、操のカーディガンやシャツの前を開いていく。彼に求められればいつだって嬉しいけれど、今日は夜勤明けの晃司の体が心配だった。

「夕べは眠っていないんでしょう。疲れているのに……」

「平気だ。昨日は急患もいなくて少し仮眠が取れたからね。それに、今はどうしても操を抱きたい」

裸になって肌を重ね合うと、晃司の逞しさにいつもうっとりする。自分の白くて華奢《きゃしゃ》すぎる体を恥ずかしく思うよりも、彼の体に触れ抱かれることに満たされている自分がいるのだ。

（やっぱり、女に生まれればよかったのかな……）

そうすれば、晃司のそばにいてもこれほどまで気おくれすることもなかっただろう。崎原《さきはら》の家や世間に対してももう少し堂々としていられたかもしれない。でも、自分が女だったら晃司はこんなふうに気にかけて、愛しいと思ってくれただろうか。

「それから、操にもう一つ言っておきたいことがあるんだ。これも誤解があって不安にさせたりしたくないからね」

操はなんだろうと小首を傾《かし》げて彼の言葉に耳を傾ける。

「俺は操が男でよかったって思っているから。正直に言うと、女性と何度か関係を持ったことはあるんだ。でも、駄目だった。抱くことはできても心が動かなかった。もし操が女で、抱いても他の女性と同じだったら、こんなふうに一緒にいられなかったかもしれない」

いきなり操の心の中を見透かしたように晃司が言ったので、思わず彼の顔を凝視してしまった。操にとって自分の性的指向など考える意味もなかった。とにかく、子どもの頃から晃司しか自分の世界にはいなかったも同然なのだから。けれど、晃司にはたくさんの出会いもあっただろうし、彼に心奪われる人もたくさんいただろう。それでも、彼はあえて同性の操を選んでくれたのだ。

「嬉しい。すごく、すごく嬉しい……」

操は両手で晃司の体に抱きつきながら、何度もそう呟いた。小学校のとき、みんなの見ている前でハイタッチを求められたときの戸惑いと喜びは今でも鮮明に心に残っている。あのとき以上に嬉しいことなどもう自分の人生に起こらないだろうと思っていたけれど、あれから晃司はいくつもいくつも嬉しいことを操に与えてくれた。そして、今もまた操はこれ以上ないだろうと思える喜びを感じている。

「嬉しいのは俺のほうだ。操をこうして手に入れることができた。これが俺の人生の一番の幸運だと思っているよ」

愛撫《あいぶ》の手はいつだって優しい。操の寂しい体に官能の火を灯《とも》して、じょじょに深い快感の海へと沈めていってくれる。まるで呼吸のできる水底で漂うような心地よさに、操は果てても果てても新たな欲望を覚えてしまうのだ。

「ああ……っ、んんぁ……っ、あ……っ」

「操、ここがいい？　ここが好きだろう？」

鼠蹊部《そけいぶ》をなぞって彼の手がゆっくりと後ろまで回っていく。直接股間《こかん》を握られると背筋が震える。その刺激の強さも好きだけれど、やんわりと恥ずかしい窄《すぼ》まりの部分に触れてくる晃司の指先が、操の全身をとろけさせてしまうのだ。

「ほら、もう感じてる。操の体はとても素直だな。いつまで経《た》っても若いままなのは容貌《ようぼう》だけじゃないね。体もずっと初々しいままだ」

そう言うと硬くなってきた操自身を口に銜《くわ》え、指で探り当てた後ろの窄まりを優しく分けて押し開いていく。

「あふぅ……っ、んんぁ……っ」

自分でも驚くほど甘い声を漏らし、晃司の腕の中であられもない姿で体を開いている。羞恥《しゅうち》など凌駕《りょうが》してしまう愛欲が二人の間にはあって、淫《みだ》らになればなるほど高ぶりとともに喜びが増していく。しばらくして晃司が顔を上げ体を起こすと、少し気まずそうに言う。

「ごめん。今日はちょっと持ちそうにないな」

いつもより短めの愛撫は仕方がない。疲れた晃司の体を思って、操も体を起こすとそっと彼の股間に手を伸ばして頰を緩めてみせる。

「僕も口でしてあげたかったけど……」

近頃は操もそれを覚え、少しは上手にできるようになったつもりだ。そして、晃司がたまらず声を漏らすのを聞けば操の気持ちも高ぶる。けれど、今日はもう体の中に入りたいと言われ、それもまた操には嬉しいことに違いないのだ。

うつ伏せて腰を少し持ち上げると、晃司は準備を整えた自分自身を窄まりにあてがってくる。片手は前に回して操自身をそっと擦《こす》ってくれる。愛撫のタイミングに合わせ潤滑剤で濡れた後ろに潜り込んでくるものが大きくて、深く長い吐息を漏らしながら受け入れた。

「ああ……っ、うくぅ……んっ」

少しずつ奥へ奥へと進んでいくものに内壁を刺激され、操は白い背筋をのけ反らせる。そこに晃司の唇が落ちてきて、何度も口づけをくれる。ゾクゾクと快感が這《は》い上がっていくのを感じて、操が身悶《みもだ》えるとまた深く体の中を突かれた。

「あっ、あんっ、はぁ……ん……っ」

ゆっくりとした抜き差しが少しずつ早くなっていく。濡れた音が響くのを聞きながら、操は少し伸びた髪を振り乱す。

「操、白い背中がきれいだね。背骨が浮き上がってまるで……」

一度動きを止めた晃司が言ったので、操は荒い息のまま振り返ってたずねる。

「まるで、何？」

「まるで白い蛇のようだ」

ビクリと操の体が緊張した。それは晃司にも伝わったはず。

「そ、そう。僕は……」

白蛇の憑きもの筋なのだ。そして、いつか愛しい人を傷つけ、命の危険に晒《さら》してしまう日が本当にくるかもしれない。

「晃司……」

操は快感に身をゆだねながらも恐ろしい未来を想像して泣きそうになり、背中越しに愛する人の顔を見上げる。そんなことになったら、操は自分で自分が許せなくなるだろう。だから、晃司を傷つけるくらいなら操にも覚悟はある。

（そう、この人を喰い殺す前に自分自身の命を絶てばいいだけのこと……）

すると、晃司は操の背骨を指先でそっとなぞり優しい笑みを浮かべたまま頷いてみせる。

「大丈夫だよ。俺は操を悲しませたりしないから。操も俺を傷つけることはない。だから、二人で久巳世の遠い先祖のように一緒に生きていこう。そして、僕らが最後の久巳世になるんだ」

ハッとして操が目を見開いた。それは、かの地で互いを見初め合い所帯を持った久巳世の夫婦のようにという意味だろうか。

「最後の久巳世に……？」

そう聞き返しながらも、またゆっくりと抜き差しを始めた晃司が与えてくれる快感に身を捩《よじ》る。シーツに指を立てながらその瞬間がきて操自身も白濁を吐き出すと、晃司の精液が体の中で打ちつけられた。その熱が操に彼の愛とともに、自分がここで生きていることを実感させてくれるのだ。

倒れ込むように二人で体を重ねると、晃司は股間の始末をしただけでうとうとと目を閉じている。疲れ切って戻ってきて、欲望を吐き出せば睡魔が彼を呑《の》み込むのはアッと言う間だった。

「おやすみ。ゆっくり眠ってね」

操はシーツとベッドカバーを晃司の体にかけて、彼の額にそっと唇を寄せる。その瞬間、晃司が一度閉じた目をうっすらと開き、気怠《けだる》いけれどはっきりとした声で言った。

「俺はね、操に殺されるならそれでもいいと思って療養所から連れ出した。だから、これからもずっと一緒にいてほしい。俺の望みはそれだけだからね……」

そして、力尽きたようにまた目を閉じる。そんな彼の様子を見つめながら、操は気がつけばポロポロと涙をこぼしていた。こんなにも大きな覚悟でもって自分を愛してくれる人に出会えたのだ。これまでの悲しくて寂しい人生など吹き飛ぶほどに、自分は自分でいてよかったと思える。

僕は憑きもの筋の人間だ。憑いているのは白蛇だ。それでも、晃司と出会う運命だったなら辛くなどない。これからも彼を愛してこの命をまっとうし、藤村の家と久巳世の血を終わらせることが課せられた運命なのだ。

そして、崎原の次男である彼は禍々《まがまが》しい血に終止符を打つため現れた存在なのかもしれない。彼もその宿命を背負い、それに従って生きているのだとしたらもう迷うこともない。

残りの人生を晃司とともに運命のままに生きていこう。やがて一つの伝説が終わる日まで、二人は命をともにする。それは誰の心に刻まれることはなくても、白蛇恋慕記として二人の生きた証《あかし》以外のなにものでもないのだから。

あとがき

　今回の「白蛇恋慕記」は少しおどろおどろしいお話になりましたが、あくまでも初恋を貫いた二人の十数年をかけた恋の物語です。

　ロマンスとオカルトのコンビネーションはわたしにとっては「大福にイチゴ」、「寿司にアボカド」、「トーストに小倉あん」ぐらいあって当たり前の定番なのです。でも、そうでない方にはちょっと戸惑いもあるかもしれないので、こういうテイストもあるのかという広い心で読んでいただければ幸いです。

　今回はコウキ。先生に素敵な挿絵で作品を彩っていただきました。お忙しいスケジュールの中ありがとうございました。幼少期から大人になるまでの二人を描いていただき、読者の皆様には成長の過程も楽しんでいただけたのではないでしょうか。

　さて、お話の中で療養所暮らしの操が旅行雑誌やインターネットでお洒落なレストランや作ってみたいレシピを見ているというエピソードを書いていますが、わたし自身も仕事に追われる合間に、そういうサイトを見て気晴らしをすることが多々あります。

　そして、近所にあるお気に入りの八百屋さんへは週に二、三度買い出しに出かけます。そこでは地産の珍しい野菜、旬の野菜などを中心に購入するようにしていて、それらをどう料

✦初出　白蛇恋慕記………………書き下ろし
久巳世の婚姻……………書き下ろし

水原とほる先生、コウキ。先生へのお便り、本作品に関するご意見、ご感想などは
〒151-0051 東京都渋谷区千駄ヶ谷 4-9-7
幻冬舎コミックス　ルチル文庫「白蛇恋慕記」係まで。

幻冬舎ルチル文庫

白蛇恋慕記

2016年8月20日　第1刷発行

✦著者　水原とほる　みずはら とほる

✦発行人　石原正康

✦発行元　株式会社 幻冬舎コミックス
〒151-0051 東京都渋谷区千駄ヶ谷 4-9-7
電話 03(5411)6431［編集］

✦発売元　株式会社 幻冬舎
〒151-0051 東京都渋谷区千駄ヶ谷 4-9-7
電話 03(5411)6222［営業］
振替 00120-8-767643

✦印刷・製本所　中央精版印刷株式会社

✦検印廃止

ISBN978-4-344-83785-0　C0193　Printed in Japan

理しようかと悩むのが楽しかったりするのです。

そんな我が家の冷蔵庫で近頃必ず常備されているのがブロッコリー、ズッキーニ、パプリカの三つ。また、ずっと長いおつき合いをしている野菜で、とても愛しているものの一つにレッドオニオンがあります。苦手な人も少なくないかもしれませんが、わたしにとってはもうなくてはならない野菜です。

スライスしてすべてのサラダに投入。みじん切りであらゆる料理のトッピングに。もちろん、炒めても焼いてもよしで万能。そして、可愛いピンクに染まるピクルスにしたらもう最高。胃の働きを改善して、食欲を増進させるので、夏には最適の野菜だそうです。皆様も今日のサラダの彩りにいかがでしょうか？

この本が書店に並ぶ頃は盛夏の折、ちょっとゾクッとしながらロマンスに心をときめかせ、新鮮な夏野菜でどうかお元気にお過ごしください。

夏の休暇では、旅先でたくさんのお話の欠片を集めてこようと思っています。そして、涼しい秋風の吹く頃にはまた新作で皆さまにお会いできればと願っています。

二〇一六年　七月　　水原とほる